JN239327

俺の文章修行

町田康

幻冬舎

俺の文章修行　目次

1 文章力と読書の関係

文章力とは使える言葉を増やすこと。そこに裏道はあるか？

ときおり、「文章力を身につけるためにはどうしたらよいでしょうか。教えろ、あほんだら」と言われることがある。そんなときは大体、「存ぜぬ」と言って横を向き、河豚《ふぐ》のような顔をする。

しかしそれでも猶しつこく、「教えると自分の商売仇が増えるからイヤなのか。ふん。チンケな男だな。ケチケチしないで教えろや、おっさん」と言い、刃物をちらつかせてくるから仕方がない、教えることにして、

「文章力を身につけるためには多くの本を読むことだ」

と秘中の秘を教えると、不服そうな顔で、「それじゃあ納得がいかない」と言う。そこで、「なにが納得いかぬのだ」と問うと、

「俺は文章を書く法を問うている。俺は文章を書きたいのであって読みたいのではない。

そんなことはスキップして最短で文章力が身につく方法を教えろと言っているのだ。そんなこともわからないのか。このポンコツが」

と言う。そこまで言われれば流石《さすが》の私も嫌な気持ちになり、再び横を向いて河豚のような顔をする。そうすると私が怖くて目を逸らしたのだと思い込んでますます増長し、

「おまえみたいなカスは昼日中、人前に出てくんな。覆面かぶって家の押し入れ入って蹲《うずくま》って震えとけ」

など言う。そこで仕方なく相手が弱そうな場合は半殺しにする。相手が強そうな場合は、「わかりました。私、ちょっと覆面、買いに行ってきます」と言ってその場を立ち去るなどしている。どちらにしても気分のよいことではない。

まあ、それはいいとして、しかし右に言うことは本当のことで、文章力を身につけるためには多くの本を読む以外に道はない。

なぜなら文章は既存の言葉を組み合わせて綴っていくのであり、その組み合わせの巧拙により文章力が測られるのであるが、よい組み合わせを拵《こしら》えるためには、多くの言葉を知っている必要があるからである。

これをプロレスの興行にたとえれば、多くの選手を抱えており、また招聘できればよいマッチメイクを組むことができるが、人数が少なければできない。

バンドのライブにたとえれば、持ち曲が多ければ飽きの来ない様々のセットを作れるが、

少なければワンパターンのマンネリ路線に陥るということである。

と言うと右に挙げた、教えろと言う人がどれほどの無茶を言っているかがわかるだろう。それは、

「所属レスラーが二人しかいないが、東京ドームでプロレス興行を打ちたい。宣伝のやり方を教えてくれ」

「持ち曲は三曲のみだが、二時間半のワンマンライブをやりたい。照明はどんな感じにしたらいいですか」

など言うのに等しいことなのである。

だから本を読んで手持ちの言葉を増やす必要がある。

と言うとここにひとつの疑問が生じる。というのは、「なぜ本でないと駄目なのか」という疑問である。蓋《けだ》し順当な疑問であると言え、なんとなれば、手持ちの言葉を増やしたいのなら、英単語を覚えるように単語帳を拵えて丸暗記した方が、より多くの言葉を覚えることができるのではないか、と考えられるからである。

しかしそれでは駄目である。なぜなら言葉を知っていることと実際に使うことはまた別だからで、丸暗記だと、その言葉が文章のなかでどのように響くか、その言葉がどのように成り立ち、似た言葉になにがあるのか、がわからないため、実際の文章のなかで最良の

選択ができないからである。

　というのを音楽にたとえて言うと、無闇にコードを覚えても、曲の中でそのコードがどのような機能・役割を果たすのかを知らないと、あるコードを別のコードで代理したり、分割したりすることができない、つまりそのコードを使いこなすことができない、ということである。それだったら寧《むし》ろ、よく知っている単純なコードだけを使った方が簡素で心に沁みる曲になる。

　ということを再び、文章に戻して言うと、頭がええように見せかけようとして覚えたての難しい言葉を使い、使い慣れないものだから文の流れが珍妙なことになったり、甚だしきは使い方を間違っていたりする（俺のこと）、なんてことがよくあるが、本を読まず、単に言葉数だけを覚えればよいと心得るからこんなことになるのである。

　ではなぜ、本を読めばそうならないかというと、本の場合は文章の流れのなかに言葉が置かれているため、よく知らない言葉も、或いは時にはまるで知らない言葉も、前後の文脈から意味や内容が推し量られるなんてことも起こり、その結果、単にその言葉の読み方や書き方を覚えるだけでなく、その言葉の機能や成り立ちを知らないうちに覚えるからである。

　というのは覚える側・読む側からの言い方で、まあそれもあるのだけれども、もっと言うと、言葉の機能や成り立ちが知らない間に頭に入る、つまり文章の側が自ら作動して頭の中に染みこんでくる感じがあるのである。

実はこうしたことを経て初めて言葉は手持ちの言葉、実際に使える言葉となるのであって、故、丸暗記はあかぬのである。

そしてそれには時間がかかる。それに堪えられぬ人が、

「そんな閑人の真似はしておられぬ。裏道、抜け道を教えてくれ」

と言うのであるが何度も申し上げるように、それは裏道ではあるかも知れないが、ただの細道でいつまで経っても細道をのたくるばかりで、どこにも脱けられず、最終的には袋小路に迷い込み、どうすることもできないまま年老いて狂死断系するのである。


とここまで言ってもまだ食い下がってくる人がある。そいつは吐《ぬ》かす。

「丸暗記が駄目なのはわかった。しかし、では、映画や演劇の台詞、落語や講談、浪曲の啖呵、テレビ番組などから言葉を知ることはできないのか。或いは、ネット上の様々のサイト、動画を閲覧するうちに知らなかった言葉を覚えるということはないのか。もっと言うと、人とする会話のなかから生きた言葉を学ぶことができるのではないか」

と、ここまで来ると、なにがあっても絶対に本だけは読まない。という鋼鉄のごとき意志を感じる。或いはそうではなく、「なにがあってもこんなアホ（俺のことを指す）の言う通りにだけはしたくない」と思っているのか。

どちらにしても偏頗《へんぱ》なことだが、それは実は重要なことで、そんなこともして初めて自分のものになって使えるようになる、という類の言葉が此の世に多くある。けれども当たり前のことだが、それらはみな言葉は言葉でも口より発せられた言葉で、字に書く言葉とはまた違う。

因《よ》りてこれを文章のなかに活かすためには、口より発せられた言葉を耳で聞いて字に変換する、変換プロセッサのようなものが必要になってくる。実はこの変換プロセッサこそが文章力の本然であるので、それがない状態で落語や浪曲を何百席と聞き、これを覚えたところで文章にその覚えた言葉を活かすことはできないのである。


ということで文章力を身につけるためには本を読まなければならないということが明確になった。そして最初に、文章力を身につけるためにはどうしたらよいか。と問うた人はまるで河豚のような顔をして横を向き、横を向いたまま去って行った。

俺はそのことになんの問題もないと思う。標準機能というか、普通に読み書きができればばば生きていくのになんの支障もない。

ただ、そのうえで猶、文章力を身につけたい、という仁はまず読めばよく、読んだ分量、そしてまた一冊の本をどれほど深く読んだか、に応じて手持ちの、使える言葉が増えていくのである。

と言って、ここにひとつ問題があるのは本を読むには一定の時間がかかり、その時間がなかなか確保できないという点である。

ご案内の通り、ここ十年、いやさ、ここ二十年、いやさ、いっそここ三十年か、わからない。わからないけれども、技術が進歩・発展して、いろんなことがえげつなく変わった。いろんなことの効率・能率が上がり、余計な手間暇をかけずに最短で結果を出せるようになった。例えばしょうむない例で申し訳ないが、前方《まえかた》は初めて行く場所に行こうと思えば、地図を開き、地下鉄路線図を閲し、行き方を調べてからでないと行けなかった。或いは相手先に地図をファクシミリで送信してもらうなどしていた。ほんの二十年ほど前の話である。しかるに今はそんなことは掌の中で、ものの三十秒もあればわかってしまう。

その結果、そんな余計なことにかかっていた時間を本題に集中できるようになった。と言ってしかしいざ本題に集中しようとしても、それがなかなかできない。なぜなら自分がやっていたことの九割以上が雑事で、本題などというものはそもそも存在しなかったからである。

じゃあ、そのぽっかり空いた九割以上の時間、なにをすればよいのか。

そりゃあ勿論、本稿の趣旨に則れば読書をすればよいということになるが、なかなかそうもいかない。というのは、空いた時間を埋めるためのものに需要がある事を同時に察知した多くの業者が、その空いた時間を埋めるための情報や娯楽を大量に供給し始めたからである。

かくして時間が余らなくなってよかったのだけれども、さらに問題が生じたのは、それがあまりにも大量になったため、一人の人間が取捨選択できる量を遥かに超え、人々は情報や娯楽を確認するだけで疲弊した。そこでそれを道具で代替するための技術がまた開発されて、或いは、それを選んで提供するコンサルタント業みたいな人々は一息つくが、ちょっとでも暇ができると、それへさしてまた娯楽が供給され、そうするとまた技術が進みコンサルが活躍して、そうするとまたエンタメが供給されて……、ということで娯楽と情報は増大する一方なのである。

それに労《つか》れた一部の人は多くの情報を自ら遮断し、趣味の世界に没頭して、余のことを気にせぬようにするも、しかし、「怙《こ》うしている間にも他の人はより効率的に人生を楽しんでいるのではないか」「自分は後れを取っているのではないか」「取り返しのつかないことをして人生の時間を空費しているのではないか」という不安を拭いきれず精神を病み、自傷したり、乱倫に耽ったりするようになる。

そんななか本を読むかはさみ将棋をするくらいしか暇潰しがなかった俺なんかの子供時分と同じように本を読むというのはどう考えても難しいというか、はっきり言って無理である。

2 文章力をつけるための読書

読む本はなんだってよい。でもたくさん読めばいいわけではない

なぜかと言うと、右にも言うように、いンまの仁は怒濤の勢いで押し寄せる情報娯楽に疲弊して読書の時間を充分にとることができず、またその情報娯楽の中には出版物も含まれていて、毎月のようにたくさんの本が出版され、かつまた毎年何十人もの新しい書き手が現れるから、もうなにを読めばよいかわからないからである。

そんな中、たまたま手に取った本が当たりだったらよいが、外れだったら貴重な時間を浪費してしまい、

「この間、周囲の人は効率的に情報を取り入れて人生を楽しみ、かつ文章力もゲットしてどんどん素敵になってフォロワーも飛躍的に増やしたというのに自分ときたら、こんなアホなおっさんのしょうむない文章を読んで苦しみと悲しみのどん底で貧困に喘いでる。もちろん文章力は身についていない。フォロワーも増えない。つかむしろ減ってる。死にた

い」

みたいなことになる。

それを防止するために世の中にはブックガイドみたいなものがいくつかある。或いは新聞や雑誌の書評欄、勧めの本を紹介するテレビ番組ラジオ番組ネット番組、或いはブックガイド本なんてものも出ている。

これらを参考にして読むべき本を探すというのはどうだろうか。

そういうところで本を紹介している人というのは多くの本を読んでいる。よって文章力もあるし、それよりなにより多くの本を読んで、その多くの本の中から、「これがよい」と選んで紹介しているのだから悪いわけがないのである。

というのはそりゃそうだが、しかしそれだけを頼るのはどうかと思われる。なぜというに、それを紹介している人がどれほど信頼できるかという問題があるからである。

というのは例えば、それを紹介しているのが著名な俳優やタレントだった場合、人間にはどうしても何度も見て、見知っている者にはよい感情を抱いてしまう習性がある。そしてそういう人は大抵、眉目秀麗であるが、人間というものは、美しいものに心引かれ、それを正義、神により近いもの、と思ってしまう習性もある。不細工の言う正論と美男美女が言う暴論があった場合、美男美女が言う暴論をつい支持してしまうのが人情なのである。よってテレビの報道番組などはその情報をより確からしくするために美女をアナウンサーとして起用する場合が多い。

だから、その本を信頼する根拠として、「〇〇さんが言っているのだから間違いない」「〇〇君が読んで感動した本なら私も読みたい」ということが実は信頼の根拠となっている。

もちろん顔がいい奴が信頼できないという訳ではない。顔がよくても本を深く読める人はたくさんいるだろう。ただし。タレントは大衆に支持されてなんぼの商売、好感度というものが非常に重要になってくるため、好感度を考慮して自分の軸をずらすということがある。清楚キャラで売っている若い女性タレントが、ドロドロの私小説とか、変態と狂人と人殺ししか出てこない詩集とかが好きなので、そういったものを紹介しようとしたらマネージャーに、「駄目です。コマーシャルの仕事が来なくなります」と言われ、当たり障りのない、なるべく好感度の上がりそうな本を紹介するとか、或いはもっと酷い場合だと、賢そうに見える本をマネージャーが選び、読んでもいないのに読んだ振りをして紹介する、という例すらあり、そういう人が知的なキャラとしての自分自身をアップールしている、という話を事情通から聞いたことがあるような気がしないでもないと今は思い始めている。

じゃあじゃあじゃあ、タレントがそうだったとしても貴様が言う通りすべてのタレントがそうだというわけではないだろうし、それにもっと言うと紹介しているのが作家や批評家だったらどうなのよ。信頼できるのではないのか、という議論が生まれ出てくるが、これは一般にはあまり知られていないが、書くのが上手な人が必ずしも読むのが上手というわけではなく、その小説は素晴らしいのに、選評や書評を読んで、「いったいなにを言ってるんだ、この人は」と驚くことがしばしばある。また、批評家の場合、自分の考えの軸に沿って文脈を拵えて書くので、その本のことというよりは世の中全体の見取り図のなかでその本がどのように読まれるか、みたいなことはわかるが、そうなるともうその文章そのものが強烈な読書であって、なにを選ぶかの参考にはならない。では、内容の紹介のみに留めて自分の意見は述べぬ選書家、みたいな人が信頼できるかというと、多くの中からそれを選んだ理由が、優れているから、というものであればよいが、その人の選書家としての看板にとって都合のよいもの、読者や編集者の受けのよいもの、みたいなことに配慮して恣意的である可能性は少なくない。

というのはそして玄人全般に共通しているところで、著者が友だちだったり、担当編集者と長い付き合いだったりした場合、大したことなくても大袈裟に褒めたり、けっこう駄目でも、マアマアいいよ、と書いて紹介することがないとは言えない。にんげんだもの。と書いて私はいま頭にゴツンと衝撃を受けた。ブーメランが返ってきて頭に当たったのである。なぜなら私もまた時折、書評など書き、本の紹介をすることがあるからで、はっきり言ってその際、稿料を貰っているからである。

けれども大丈夫だ。血は出ていない。なぜならそのことを知っている私はある対策を講じているからだ。それは概ね、書評を書くときも、おもしろいから読むといいわよ、という紹介の仕方ではなく、また形式についても語らず、専らその内容がどういったものであったか、を自分の読書体験を通じて書き、読む／読まないは読者に任せる、というやり方である。

ただしこれではガイドにならない。「読んだ方がええのんか、どうなんか。こっちが知りたいのんは、それなんじゃぼけっ」ということになる。

てな訳で、ブックガイドはあまり参考にならない。では、いったいどのようにして本を選んだらよいのか。どんな本を選んで読めば文章力が身につくのか。

それについて明確に申しあげる。それは多くの人にとって驚愕するような内容なので、そのつもりで聞いて欲しい。ではよろしいか。申しあげる。

「別になんだってよい」

どうです。驚いたでしょう。って、そう、それはなんだってよい。どんなアホな、『クルマエビ観賞術　その無意味な世界』みたいな本でもいいし、『満蒙のチャーハン』みたいな本でもよい。『天明俳諧　くっさい恋のメロディー』といった題の歴史ラブストーリーでも一向に構わないし、『同棲ヒーロー　マジンガーZとバロム1の悦楽』といったボーイズラブものでもよいのである。

そうすると人は問うであろう。「それだと感動がないんじゃないですかい、ほて、ためにならないんじゃないですかい」と。そうやってテキトーに本を選べば読んだとて心動かず、知識は集積されない可能性が高い。しかしそれでよいのだ。いやさ、それがよいのだ。

どういうことかというと、然《そ》うしたことはまた後ほどに申しあげるが、文章力をつけるためには内容はどうでもよく、ただひとつだけ注意しなければならないことがあるとすれば、その読み方なのである。

ではどういう風に読めばよいのか。グチャグチャと前置きを言っても仕方がない、単刀直入に言おう。それは、一冊の本を何回も読む。ということである。

つまりどういうことかというと、小説には起承転結、筋がある。論文には序論があって本論があって結論がある。だから普通は、結末や結論がわかれば、もうその本は読まないで、次の本を読む。そしてその本とはまた別の興趣を求め、知識を得て、人格識見をグングン高めていく、のだが、それをやってもあまり文章力は身につかない。じゃあ、どうすればよいのかというと、『クルマエビ観賞術　その無意味な世界』だったら『クルマエビ観賞術　その無意味な世界』を何度も何度も読む。

まあ二回も読めば、クルマエビの観賞法はマスターできる。三回読めば、それがいかに無意味な行為であるか、ということも死ぬほど理解できる。普通だったらそれで終わりだ。その内容に呆れ、作者を罵倒し、こんなシロモノを購入した自分を呪いながら古書店に売り払おうとして断られて、「それもそうだよな。こんな本」と納得して、『満蒙のチャーハン』または『天明俳諧　くっさい恋のメロディー』に移行する。

しかしそれをしないで、四度読む。五度読む。そうすると、そこに別のものが見えてくる。というとオカルトめくがそうではない、それはその作者の文章の癖であり、作者の息遣いのようなものである。それは凡庸なものであるのかも知れない。多くは凡庸であろう。しかし凡庸なものが凡庸であるのはそれ相応の理由があるもので、何度も読むことによってその理由がわかってくる。少し前、私は、「口より発せられた言葉を耳で聞いて字に変換する、変換プロセッサ」という話をした。これこそが、そのプロセッサの働きであって、これは口より発せられた言葉ではないが、作者の頭の中で展開した凡庸な思考が文章に変換されていく過程を解析するための処理装置なのである。

つまり五回読むことによってその装置が自分の頭の中に埋め込まれるのである。しかし五回読んだ程度ではまだまだ駄目で、その装置の性能はきわめて雑で、解析の精度は低い、というか、どうみても停まっているようにしかみえないが、きわめて厳密に観測するとわずかに動いていることが確認される程度のものである。だから使い物になる装置を手に入れようと思ったら最低でも百回は読まなければならない。百回読んでようやっと、死ぬほどの低速で、装置が動き始めるのである。

ということはどんな本を読めばよいか、という問いに対する割と受け入れやすい答が返ってくる。「なんでもよい」というのはひとつの正解ではあるが、そこから得られるものは文章力のみである。そして、『クルマエビ観賞術　その無意味な世界』のような無内容なものを百回以上読むのは、はっきり言って苦痛である。ならばどうすればよいのか。そう、長い時を経て読み継がれている作品を選んで読めば然うした苦痛もなく、非凡な思考が文章に変換されていく過程を解析するための処理装置が頭にカチャッと嵌め込まれるのである。

流行を追って多読するとこれは嵌め込まれない。素人でも玄人でもよく多読を誇る人がいるが、ごく一部の例外を除いてそういう人の文章は概してつまらない。

一冊の本を何回も読む。知識情報を多く取り入れようと思う人にとってこれは魔道。しかし文章をきわめんとする者にとっては王道なのである。

したがってよくネタバレなどと言うが、結末を知って興味を失するような読書は真の読書ではない。結末を知り、内容を知るということは目的地を知るということである。目的地がわかっていればこそ、周囲の景色を見る心の余裕が生まれる。その世界をとくと眺めること。装置はそのことによって埋め込まれるのである。

俺はこの話を始めるにあたり編集の人に、「こんだ気楽な随筆の感じでいったろ思うてますねん」と言ったことを記憶している。ぜんぜんなってへんがな。だけど、一番大事なことはもう言ったから、次に気楽な感じで、そんなら俺がこれまでどんな本を読んできたか、その驚くほどしょうむない実態を曝す。

3 これまで読んできた本の影響

千回読んだ『ちからたろう』がつくった文章の原型と世界観

といってしかし、そもそも俺は自分の話をするのが嫌いで、ことに生い立ちについて、談話取材などで聞かれると非常に嫌な気持ちになり、適当に言葉を濁し、それでも執拗に聞かれたときは、マイクをぶち壊し、灰皿を投げ、頭から果汁をかぶって咆吼《ほうこう》するなどすることもあった。或いは質問から逃れるために、「実家は鰻屋だったので、子供の頃から鰻はいくらでも食べることができ、そのためビタミンAを多く取ることができ、疲れ知らずです！」と苦し紛れの嘘を言うこともあった。

なんでそんな嫌いかというと、例えば、脳内空無なミュージシャンが訥々と生い立ちを語り、ライターと協力して自身と自作を意味ありげに飾り立てようとする、みたいな安直で粗雑な雑誌記事に嘔吐を催すことが何度かあったからである。

或いは（他人にとってはどうでもよい）自己に過剰な意味を見出し、これを珍宝のように扱うことは品のないこと、という思い込みが自分のなかにあるのも理由の一つかも知れない。

ならば自分の手でちゃんと書く、ということをすればよいのだけれども、それもしてこなかったのは、既に申し上げた通り、その実態が驚くほどしょうむないからである。

だったら書くな。

そんな民衆の怒りは承知している。しかし、此《こ》度《たび》は、生い立ち全般ではなく読書に限ったことである。もとよりそれとて、というか、それこそ「驚くほどしょうむない」ものなのではあるが、それが現今の文章と大いに関係している以上、これについて書かないで済ませることはできない。そこでそれを書くのだが、だいたいまあ、こういう感じの話をするとき、ふたつの時期に分けて語る必要があるのではないか、と思う。

というのがなにかと言うと、親や学校が選んだ本、則ち自分で選んでない本を読む時期と、これが読みたい、と自分で選んだ本を読む時期である。

このうちどちらについて多く語るべきか。と問うと、「そりゃあ、自分で選んだ本の方が大事なんじゃないですか」と答える仁が多いかも知れない。しかし実際はさにあらず自分で選んでない本の方が自分の文章（及びものの考え方）に及ぼす影響は大であると思われる。

なぜなら、自分で本を選ぶことができるようになった状態というのは、そこに既にひとつの選択の基準ができあがっているということだが、その基準はひとりでにできたものではなく、その基準が次第にできあがる過程があったはずだからである。

その過程こそが、自分で選ばずに読んだ本、ということで、これによってできあがった基準によって本を選ぶようになるのだから、自分で選ばない本が実はより重要になるということである。

そしてこれはもうほぼ、環境、というか自然のようなもので、自分が何人に生まれるか、と同じく、自分ではどうしようもないことで、これにより将来の、変換プロセッサ、の基礎的な性能の限界が決まると言っても言い過ぎではない。

しかし、昔の親は自分の子供に過剰な期待をしなかった。昔の親が子供に望んだこと、願ったことは、人並みの人生、であった。だから自分の子供に本を与えるにしても、ことさら趣味的な本を買い与えるとか、敢えてエロ本を見せて衆に抜きんでた変態にするとかそういう奇矯なことはせず、無難な学校推薦図書、みたいなものを与える。故、私が「自分で本を選ばない時代」に読んだ本はきわめて無難なものばかりである。右に驚くほどしょうむない、と言ったのにはそうしたことも含まれる。

といって細かく見ていけば多少の偏りもあったように思うので、そういうところを一所懸命に見つけて、みんなが退屈しないような文章を綴っていけたらこんな幸せなことはないのだろうか。わからない。私にはなにもわからない。

さあそんなことで話すのだけれども、読んだ本で覚えている最初のものは絵本であったように思う。それは小学校の方で、「これは読んだ方がええど」と宣伝して、いまのように「個性を重んじる」などという愚劣なことを言わなかった時代なので、「みなが読んでるなら自分の子にも読まさぬとあかぬ」とどの親も買って子供に与えた本で、『ちからたろう』という題であった。文は今江祥智という人で、絵は田島征三という人である。

これを私は千回くらい読んだように思う。それは右にも言うように別におもしろいと思ったから読んだのではなく、そこにあるから読んだのであり、その頃の自分にとっては、雨や風や日の光と同じ、自然のようなものである。

子供は雨にも風にも意味を見出さず、ただそれを凝《じっ》と眺める。それと同じような感じで文章を読む。だから本来であれば、私の深奥には今江祥智という人の文章感覚やストーリー感覚が染みついているはずなのだけれども、それがどんなものなのかは私にはわからない。

その理由のひとつは、子供の頃の自然的な環境が影響を及ぼす範囲は、個人のものの感じ方や考え方、といった狭い範囲ではなく、もっと集団的なものであると思われるということで、それを読んだ、故、「俺が」こうなった、というものではないように思う。

ふたつは、子供が読むものなので、作者の筆致が抑制的、ということで、昔の大人は子供が読むものに対してそういう配慮をした。そういうものを、ぬるい、と感じるようになることは、大人への入り口であり、自分もそう感じるようになったから自分で選んだ本を読むようになったわけだが、しかし、それを経て完全な大人になると、そうした子供への配慮もできるようになり、敢えて刺激的でないものを作ることができるようになる。ところが今は、七十を過ぎた爺も頑是《がんぜ》無い子供のような精神を有して、それを「ピュアー」として誇るような時代なので、そういう大人の配慮もなくなって、功名心に駆り立てられた「クリエーター」が作る刺激的な「作品」に子供が曝されているが、それを自然として育った子供はそれに適応して生き延びる者は生き延び、適応できず病んで死ぬ者は死ぬので、俺の立場でそれを心配することはなにもない、というのは蛇足。

理由のみっつは、その『ちからたろう』という話は民話をベースとするため、作者の拵えた独自のストーリーがあるにはあるけれども主筋に影響はなかったことである。

とはいうものの、そうであればこそ自分に及ぼした影響がないわけではなく、いやさむしろ、現実と文章の「変換プロセッサ」の原型というか、大まかな設計図のようなものはこれによりできあがったようにも思う。

それがなにかを朧《おぼろ》な記憶を元に振り返って考えると、大きくふたつに分かれて、ひとつはこの物語の世界観のようなもの、もうひとつは、この話から自ら導き出した教訓のようなものである。

ひとつ目から言うと、そのなかにもいろいろあるのだけれども、まず、この世には貧しい人がいる、ということが子供の私の印象に強く残った。

次にこの話は一言で言うと、生まれは貧乏だがむっさ強い奴が中途半端に強いヤンキーみたいな奴をしばいて家来にし、そいつらと一緒に化物をしばいて長者の(描いてないけど多分、美人の)娘と結婚して富と権力をゲットする、っていうラップみたいな話なのだけれども、これにより、私は力の信奉者となった。やはり世の中、強くなかったらあかん。そうしやんと、御堂太郎や石子太郎みたいなパシリにされる、と思うようになった。つまりヒーローに憧れるようになったのである。それは私だけでなく、これを読んだすべての子供が思ったのではないだろうか。というのは周囲に、「やっぱ御堂太郎、渋いよな。なんやかんや言うて御堂太郎やで」とか言い、顔に、神棚巻付けて歩くような児童はいなかったからである(といって力太郎を賞賛するものがあった訳ではない。これは児童ひとりびとりの中のサイコの劇、ということである)。

そして最後に思ったのは、この世には善と悪があり、悪は善によって懲らされ、滅ぼされる、という世界観である。これは世に遍《あまね》く広まっている価値観で、今でも多くの人がこの観念を心の奥底に持っている。昔、「必ず最後に愛は勝つ」という文句の歌が流行ったことがあったが、この言葉はひとつの逆説として人々の心を打った。なぜなら、人々の心のなかに、「必ず最後に善は勝つ」という通念の方が遥かに強力であったからである(しかし昨今は愛の地位が向上し、ときに善より愛が強い通念になりつつあるのかも知らん)。そしてこれはふたつ目の、パワー信仰と結びついて、善は強い、悪は見た目は厳ついけど実際やると結構弱い、という観念を生んで、その後に見ることになる特撮ヒーローものがこれを強力に補強するのである。

だから俺なんかはいまだに小説を書いていても、作者として悪人を放置できないというか、悪人がいい感じに出世して富と権力をゲットして、自宅でおいしい料理を作って、カクテルパーティーを開き、知的で洗練された会話に興じる、みたいな景を描くためにはかなりの努力を要するし、どうしてもパワーというものが欲しくなってくるので、あまり必要性がないのに、だんじり祭のようなことをやってしまう（まあ、別に私のすべてが『ちからたろう』でできているわけではないので、それは飽くまでもそういう傾向もあるということだが）。

まあ、それが私にとって自然環境のような読書体験であったという訳である。

さあ、そして次に、そこからどんな教訓が導き出されたかという話をするのだけれども、その前に、ここで『ちからたろう』の粗筋について話しておく。以下、記憶に基づく粗筋。

或る時、或るところにお爺さんとお婆さんが暮らしていた。二人は入浴もままならぬほどの貧困層であった。そこで話し合った結果、「このまま風呂に入らないで死んでいくのはいかにも残念だ。無理をしてでも死ぬ前に一度だけ風呂に入ろう。きっとそれが思い出となる」という結論を得た。そんなことで二人は風呂を沸かし、これに入った。そうしたところ。まるで粘土のような色の、大量の垢が出た。それは穢《きたな》いものなので、普通だったらこれを捨ててしまう。けれども二人は貧しかったので、それを捨てるのが惜しくなった。

「せっかくこれだけまとまった量の垢があるのだからこれをなにかに再利用できないかしらん」

二人は考えてこれを使って人形を作ることにした。二人には子がなく、人形を子供代わりにして可愛がろうと思ったのである。

「粘土みたいな垢なので作りやすいね」

「ほんまやね」

そんなことを言いながら二人は男の子供の人形を作り、これにコンビ太郎という名前を付けた。いつかいいコンビを結成して欲しいと願ったのだろうか。違う。この地方では垢のことをこんびと言ったので、垢太郎ほどの意味でコンビ太郎と名付けたのである。

4　幼少期に設計された文章を書く装置

「この世には理解できないことがある」と『ちからたろう』は教えてくれた

という訳でコンビ太郎と名付けられた貧しい老夫婦の垢でできた人形であるが、驚くべきことに実際の赤子と同じように泣き、睡《ねむ》り、飯を食らった。

「人形が、おまえ、泣きよるがな」

「飯も食いまんな」

と老夫婦は驚愕したが、しかし本物の子供を授かったのは嬉しいことで、二人はコンビ太郎を大切に養育した。ところが茲《ここ》に困ったことが生じた。というのはこの赤子、飯を食らい成長はしたものの、元が垢だからだろうか、まったく口をきかず、ただ飯を食らって寝るだけの役立たずであったのである。つまり労働して生産することができない、それどころか費用だけがかかると云うことで、貧乏な二人にそんなものを飼っておく余裕はない。とは言うものの可愛い自分らの子供であるには違いなく、二人は無理をしてコンビ太郎を養育し続けた。

そんな或る日、ベビーベッドに寝たまま大飯を食らい続けて、口をきかなかったコンビ太郎が突如口を開き、

「おい、おじん、おばん」

と言った。爺は言った。

「婆どん、いまなンぞ言いやったか」

「なんにも言いまへんがな」

「おかしいなあ、いま確かに」

と訝《いぶか》る爺に、コンビ太郎が言った。

「わっしゃ、わっしゃ、わっしゃがな」

何年もの間、口をきかなかったコンビ太郎がこんなにはっきりものを言う嬉しさが驚きに勝って、

「コンビ太郎が口をきいた。よかった、よかったあっ」

「ほんまだすなあ」

涙を流して喜ぶ爺と婆にコンビ太郎は、さらに驚くべきことを言った。コンビ太郎は、

「おじん、おばん、頼みがあんにゃ。儂《わし》に、百貫目の金棒、誂《あつら》えてくれへんけ」

と言ったのである。

金棒とは何か。それはまあ謂わば金属バットのようなもので、人畜をどつき回し、結果的にぶち殺す為の武具である。それが百貫目というのだから、まあそうさな、四百キロちかくあるシロモノである。ということは長さは三メートルほどあると推測される。

村の鍛冶屋か何か知らないが、そんなものを特注するのだからおそらく莫大な費用がかかるだろうし、そもそもベビーベッドに寝たきりのコンビ太郎がそんな巨大な金棒を使いこなせるわけがない。しかし、コンビ太郎を盲目的に愛していた爺と婆は無理算段をして銭を拵え、「そんなもん、作ったことないよっていやや」という鍛冶屋を説き伏せ、百貫目の金棒を作らせた。

「こんなもん、どないすんにゃろ」

「ほんまやがな。徒弟十人でようよう引っ張ってきよりましたわ」

そう思いつつ、「でけてきたど」とコンビ太郎に告げると、

「あ、ほんま」

と言い、ベビーベッドから這い出てきたコンビ太郎はこれに摑まると、どういう工合にしたものか足を踏ん張り、エイッ、と気合いをかけて立ち上がった。そうしたところ、なんたることであろうか、コンビ太郎の身長がグングン伸びて、見上げるような大男となった。

驚愕したお爺さんとお婆さんがこれを見ていると、コンビ太郎は四百キロもある金棒を軽々と振り回し、素振りをしたり、掌に載せてバランスをとって遊ぶ、みたいなことをし

て陽気にしている。

「あ、あぶない、頼む、外でやって」

「家が壊れる」

など言いながら、その実、お爺さんとお婆さんはキャアキャア言ってはしゃいでいた。なぜなら口をきかず成長せず、ただ大飯を食らうばかりで将来に何の展望も持てなかったコンビ太郎が一気に逞しい若者に成長したからである。

そのお爺さんとお婆さんにコンビ太郎は言った。

「俺、旅に出るわ。自分の力で生きてみるわ」


と、ここまで書いて気がついたのだが、俺、粗筋を紹介すると言いながら、気持ちよく小説を書いてしまっている。すんません。こういうことをやるから話が長くなってしまうのである。以下、変換装置の電源をオフにして、粗筋のみを紹介する。

そういう訳で旅に出たコンビ太郎は途中で、御堂太郎、石子太郎、という奴らに因縁をつけられるが、簡単に撃破して、これを配下に従える。そしてそのとき促されて力太郎と改名する。力強き故である。そうしてある村に辿り着き、そこで出会った村の長者の娘から、化物の脅威にさらされる村の窮状を聞き、化物を退治しようと決意する。

そうして化物と対決、化物はきわめて強力で一時は化物に殺されかけるのだが、気合いで逆転し、化物を滅ぼす。

その功績によって力太郎は長者より娘を贈られ、すなわち長者の聟《むこ》となり、その村に定着して生涯を安楽に暮らした。

以上が旅に出て以降のコンビ太郎改メ力太郎の物語の粗筋である。

扨《さて》そして、以上の話から俺がどんな教訓を読み取ったかという話である。

その前に、もう一度繰り返すと、幼き俺はこの話は、

①此の世には貧しい者と富む者がある。
②此の世は力がものを言う。
③最終的に善は悪を滅ぼす。

という世界観を有する、と感知・感得した。そのうえで俺はどのような教訓をこの話から導き出したか。ということはつまり自分の実践的な生活にどれほど影響を及ぼしたか、ということだが、そりゃあまあ、いろんなことを導き出したのだとは思う。

それは、「やっぱ人間、身体から垢、出さなあかんで」と云った愚劣なものではなく、

やっぱ人間、立身出世をして安楽な暮らしをするためには力が必要やで、とか、鬼を退治すると人に賞賛されるで、とか、どんな強い奴にも弱点はあるからそこを衝いたら勝てんで、と云った功利主義的なことなのだけれども、それも変換装置の設計には深く関係しているのかも知れないが、今、振り返ってもっとも自分にとって決定的だったなあ、と思う教訓は、

①此の世には理解できないことがある。
②しかしそれを言明してはならない。
③そして今は理解できないかも知れないがそのうちに理解できるようになるかも知れない。

という教訓であった。
①について言うとまったくその通りで、この話には理解できないところが多くあった。なぜ貧乏な人間の最後の希望が風呂に入ることなのかがわからない。そして垢で人形を作ろう、と考え、それを可愛いと思う思想と感情がファンタジーとして理解できなかった。その人形がまるで生きた人間のように飯を食い、やがて口をきき、金棒を振り回すということはファンタジーとして理解することは可能であったし、主人公には勝って欲しい、と

願う心が読者にはあるから、ムチャクチャに強いところは痛快に感じ、その世界観にも共鳴したが、子供ながらそれについてなんの説明もないのはおかしいと感じ、やはり一部には理解できない、と思う気持ちがあった。さらに御堂太郎、石子太郎のやっていることはまったく理解できなかった。

御堂太郎は、巨大な御堂を背中に背負い、庶人の通行を妨げている。また石子太郎は、巨岩を持ち歩き、気に入らない人間が来たらこれを投げたり転がしたりして嫌がらせをするのだが、そのために御堂を背負う、巨岩を持ち歩く、というのはあまりにも突飛で理解できなかった。特に石はまだしも御堂を背負って歩くなどというのはもう只のアホにしか思えなかった。

けれども同じ本を読んだはずの旧友たちがそれを疑問に思い、追究するということはなかった。それを見た俺は、俺以外の全員はそれを理解していて、理解できないのは俺だけなので、それを言明すると周囲にとっては迷惑になり、自分にとっては恥になる、と考えた。そこで俺は、教訓②を得た。

そしてそれはごく自然に教訓③に繋がっていった。自分には理解できないこともある。だが焦ってはならない。焦って騒ぎ立ててもならないし、早く知ろうとしてこれを追究してもならない。なにしろ自分は幼く無知で非力だ。いまはわからないのが当たり前、今後、心身が成長すればいずれわからぬこともわかるようになるだろう。と考えたのである。

という教訓は俺の変換プロセッサの基本設計に組み込まれ、それはいろんな方面に作動し続けている。それを具体的に言うと例えば、自分がわかる範囲だけでものを考えたり、わかるものだけを見たり聞いたりしてもつまらない、と思い、文章を書いていても、自分でも説明が付かないようなことを書きたいと思い、そちらに向けてジワジワ言葉がはみ出していく傾向にある、なんてことは、この教訓が回路に組み込まれているからであると思われる。

また、物語に世界観があり、そこから得られる教訓があると書いたが、ふたつがどう違うかを簡単に言っておくと、

世界観、建て前、社会的な理解。

教訓、本音、個人的な理解。

でこのふたつが絡み合って縄のようになっているのが、自分にとっての自然、環境のような変換装置の基礎になる、というか自分の意志とは関係なくなってしまっているのである。おそろしいことである。次に、俺の驚くほどしょぼい読書2、自分で選んだ本、について話そう。

5 文章を書く装置の性能を上げる

町田少年が発見した「物語の気持ちよさ」と「わからないのおもしろさ」

『ちからたろう』の読書体験により、「此の世には理解できないことがある」という教訓を得て、それを「見聞きしたものを文章に変換する装置」に組み込んだ俺は、その後、すくすくと成長して小学校に入学した。

俺の学業成績は抜群で、神童、という評判を取った。というのは嘘で、俺が神童と呼ばれることはなかった。それどころか学業まるでふるわず、アホなお子、という評判を取っていた。

というのはけれども俺の頭が悪いということではない。

どういうことかと言うと、此の世には理解できないことがある、と知った俺にとって、すべてのことは勉強すれば理解できる、という前提の学校の勉強がおもしろくなかった。

またその学校の勉強が前提とする世界は、建て前的な理解を重視する世界で、俺が『ちからたろう』から教訓を得たような、個人的な理解はそこでは一切、認められなかった。

　ということから俺の成績がふるわなかったのは俺の頭が悪いからではなく、俺にとっておもしろいものでなかったからなのだが、世間の人や学校の先生はそんなことを知らないから、注意力散漫なアホの子、と認定していた。残念である。

　ということで、俺は学校の勉強をあまりせず、近所の空地をほっつき歩いて、虫を捕ったり、学校から、危険なので絶対に行ってはならない、と通告されている一級河川に参って、水に浸かって魚や玉じゃくしを漁るなどして遊び呆けていた。或いは級友の家を訪ね、ゲームをしたり、漫画本を読み耽るなどし、また、駄菓子屋に行って買い食いをし、「あてもん」と言われる、一種の籤《くじ》を引くなど浪費的なこともしていたのである。

　そして家にいるときは概ね本を読むかテレビを観るかしていた。そんなことで俺の文章には当時のテレビ番組の影響が多くあるはずなのだが、とりあえず本の話をすると言ったので、本の話をすると、前にも言ったように、俺は多分、多くの本を読んでおらず、同じ本を何回も何回も読んだように思う。

　そして前にも申しあげた通り自分で選んだ本なのだけれども、その選択の幅は極度に狭く、この喩えが合っているのかどうか、多分、間違っているのだと思うのだけれども、社会主義市場経済というか管理変動相場制というか、そんなことで、具体的にどうだったかというと、多分、休日、両親と一緒に心斎橋とか難波といった繁華街に行き、飯や買い物を済ませた後、書店に立ち寄り、児童文学、みたいな棚の前に連れて行かれ、「この辺にある奴で好きなのを選べ。買うてやる」と父親に言われ、それで選んだものと思われる。

そうして選んだ本がどんな本であったか覚えているものを挙げると、『ふくつの発明王エジソン』『小公女』『名探偵ホームズ四つの署名』『シートン動物記2灰色グマ、ワーブの一生』で、俺はこの四冊を繰り返し繰り返し、何度も読んだように思う。

そしてその内容がどんなだったかというと、例えば、この『小公女』というのはまだ小さい金持ちの娘が親の死によって極貧になり、だけど拾った猿を届けたことが切っ掛けでまた金持ちの暮らしができるようになる、という話である。

この話を俺は何度も何度も繰り返し読んだ。なぜかというと、それは気色がよかったからである。

なにが気色がよかったかというと、この不幸な少女が最終的に幸福になるのが気色よかった。

それは『ちからたろう』にも共通する、だけれどももっと明快な気色よさで、その気色よさを味わいたくて俺は何度も何度もこの本を読んだのである。

同じような気色よさは『ふくつの発明王エジソン』にもあった。奇矯な言動を繰り返し、「頭が腐っている」と言われ、学校をやめさせられたエジソンが独学で力を蓄え、多くの発明をして出世をする様が実に気色がよかったのである。

これらの気色よさの本然は何かというと、なって欲しいようになる、ということである。大人であれ子供であれ人間は、その人と会ったり話したりするうちに情というものが湧いてくる。それは本の中の人間でも同じで、少女セーラや少年アルの境遇・境涯を知るにつけ、「どうか幸福になってくれ」と願うようになる。

その願いが叶うのが気色よくてたまらない。それで俺は何度もこれらの本を読んだのである。

それは、『名探偵ホームズ四つの署名』も『シートン動物記2灰色グマ、ワーブの一生』もそうで、『名探偵ホームズ四つの署名』には、若くて美しい令嬢の身の上に起きた、なんだか訳のわからない、気味の悪い出来事が死ぬほど賢い人によって見る見る解決していく快感があり、『シートン動物記2灰色グマ、ワーブの一生』では、人間に銃撃されて母親を喪い、しょうむない狐に追いかけられて命からがら逃げる、みたいな寄る辺ない小熊が、だんだんに成長し、学び、逞しい若熊となり、森の王として君臨するに到るを見るのが痛快であった。

これにいたって自分は、「物語とはなって欲しいようになる気色よきもの」と心得るようになった。

その気色よさは友だちとする遊戯にはないものであった。

なんとなれば、友だちと例えば「行軍将棋ゲーム」をしたとする。当然、そのとき俺は勝ちたいと念じている。だけれども勝敗は時の運、負ける時だってあり、そういう時はおもしろくなく気分が悪い。

或いはもっと顕著なのは角力《すもう》や走り、野球といった運動競技で、こうしたものは体格やセンスで予《あらかじ》め勝敗が決しており、体格に劣るものはどうしたって勝てない。だからそういうこともやるにはやったが、それよりも家に居て、間違いなく自分の思うようになっていく物語の世界に耽溺している方が気味がよかった。

こういう人を指して今日日《きょうび》の人は「陰キャ」と云い、才能や体格に恵まれ此の世を思い通りになして楽しく生きる人を「リア充」と云いならわすと聞く。しかし、いくらリア充といったところですべての人が、位人臣を極めて、此の世をば我が世とぞ思ふ、訳ではないだろうから、どんな人でもそれぞれの立場で、思い通りにならないことはあり、ことに人の心は、どれほど富や名声があったところで思うままにはならないので、どうしても物語の気色よさに惹かれる部分は之あるであろう。

って、そんなことはどうでもいい。つまり俺は、そこにあったから読む、みたいな、自然環境と変わらぬ読書から、自らそこに快感を求めて本を読むようになったのである。

つまりそれを一言で言うと、俺は物語のおもしろさを知ったのである。

しかーし。

俺は今、その物語のおもしろさについて、或いは、物語とはなにか、について語ろうとは思わない。なぜなら。

そう、物語のおもしろさ、話の筋道や人物を拵えて、読者に先《ま》ず気色悪さを与え、紆余曲折ありながらも最終的に気色よさに導く、腑に落ちる。合点がいく。ようにする物語の作成の技術は、今問われている文章力の問題とほとんど関係がないからである。

ただし。紅涙を絞る、或いは爆笑を呼ぶ、なんとも言えぬ切ない気持ちにさせる、なんていう、読者の、理智の働きでない情動の部分に影響を及ぼすのは、実は物語ではなく文章そのものに負うところが大きいのだが、この時点の俺の読書はそこにはまだ及んでいない。

ということなので、「どんな物語を読めば変換プロセッサの性能を上げることができるのか」という問いについては、「自分が気色よい物語でよい」という答になり、そして、物語はたいてい気色よいようにできているので、というか作者・語り手がそう作ろうと思わなくても自然に気色よくなってしまう性質があるので、「なんでもよい」という結論になってしまうのである。

ただーし。

子供の頃の俺のようにただただ気色よくなりたい、物語の世界に耽溺したい、というのならそれでも構わないし、というか今なら特に本でなくとも、映画や漫画も隆盛で、月に何百円か払えば見放題、みたいなものもあるので、それらを鑑賞すれば、なんぼうでもいい気分に浸ることができる。じゃあなぜそんな時代にワザワザ本を読むのかというと、最初から言っているように本を読むことによって読み書きを含む言葉全般の能力が高まるからで、俺は右に映画の話をしたが、映画を作るのだって最初は映像ではなく文章から始まっている。

どういうことかというと、映画というものは視覚的な表現だから、これの制作に携わる人の脳の中には映像がある。その映像をフィルムに写して、それで初めて映画になる。だけれどもそのためには多くの人とその脳内の映像を共有しなければならない。なんとなれば映画は小説のように一人で拵えることはできないからである。とは言うものの脳のなかにある映像を他人に見せることはできないので、これを一旦文章に変換してこれを見せる。これ則ち台本である。

また映画を作るためにはその希望に応じて資金がかかる。自腹なら問わず、これを誰かに出して貰うためには、それが儲かる事業であることを説明しなければならない。そのとき口頭での説明ももちろんするが、先ず間違いなく、それを文章にして提出するよう求められる。これ則ち企画書である。

こんなとき言葉全般の能力が高い人と低い人ではその結果によほど差が生じる。そして言葉全般の能力が高いということは、そう、変換装置の性能がよいということである。

そのためにする読書なのであれば、単に気色よさを求めるだけではなく、ちょっとしたコツのようなものを知っておくとよく、それについて申しあげてこの話を終わろう。

そのコツとはなにか。

まあ、コツというよりは、ちょっとした心掛けのような、その程度のことである。ただそれによって変換装置の性能があがるのならこれに越したことはない。

ということで勿体ぶっても仕方がないので言うと、皆皆様には、俺が『ちからたろう』から得た教訓のひとつを思いだしてほしい。

それは、

①此の世には理解できないことがある。
②しかしそれを言明してはならない。
③そして今は理解できないかも知れないがそのうちに理解できるようになるかも知れない。

という教訓である。しかるにすべてが気色がよく、隅から隅まで、「わかーる」と共感して悦に入ることができるものには、この理解できない部分がない。

そうした場合どうなるか。人間の習性として、さらなる愉快、さらなる刺激を求めて、別の物語に手を出す。その行き着く先はどこか。文明が進んでえげつないことになってしまった欧州大戦の惨禍にも似た、頽廃堕落しきった精神の荒れ野である。もちろんそこに咲く花は邪悪で美しいし、そこで奏でられる音楽はどこまでも情動を刺激して疼痛の如き快美を齎《もたら》す。

それに浸りきって快楽を貪るのもまた人生。俺はそれが悪いことだとは毫《ごう》も思わぬ。けど俺らはいまここでなにの話をしているのか。そう、文章力を高めるにはどうしたらよいかという話をしている。なら、それじゃあ、ダメだ。なぜならそれだと語彙を自分のものとし、変換装置に組み込むための唯一の手段、二読三読に気持ちが向かわないからだ。

それは俺だってそうで、右に挙げた本は概ね気色のよいものであったが、そのなかには訣《わか》らない部分、なぜこうなるのだろう、という部分が少なからずあり、単に気色よいだけなら飽きてしまって、あのように何十回、何百回と読むことはなかっただろう。

その例をひとつ挙げると、『ふくつの発明王エジソン』に、

アルは子どもの頃はがき大将で云々

という一文があり、俺は六年くらいこの「はがき大将」という語の意味が訣らなかった。

しかし自分で考え、その一文がネガティヴな文脈のなかに置かれていたことから、「何度、落ちても懸賞に応募して大量の葉書を費消して周囲を圧倒する悪い子供」という意味を導き出していた。

しかしその解釈に自ら疑いを抱いて、後にこれを、「子どもの頃はガキ大将で」と読めばスッと意味が通るということを知るまで何度も何度も読み、その都度、その本の中の語彙を知らぬ間に自分に取り込んでいったのである。

つまり。右に申しあげた、変換装置の性能を上げるための、ちょっとしたコツ、とはその内容を完全に理解して、物語に存分に酔えるものではなく、少し許《ばかり》六図《むず》かしくて訣らないと思ふ位のものを選ぶとよい、ということ。

そしてそれは、ちょっとしたコツでありながら、物語の筋を読むことではなく、文章そのものを読む、愉しむ、という読書の醍醐味、ぎりぎりの肝要のところに繋がっていく。

6 物語の筋を読む以外の本の読み方

北杜夫「三人の小市民」の再読で自分に組み込まれた新しい言葉

二十四かそれくらいの頃、下北沢あたりで酒を飲み、電車がなくなって山本という人の家に泊めて貰った。その翌日、別にこれと言って仕事もないので午過《ひるす》ぎまでウダウダしていると、川辺という奴が来た。

別に用事があって来たわけでもないようなので、そこで皆で山本が撮ったビデオ作品を見たり、雑談をするなどした。その頃の自分らは生活はいたって自堕落であったが、しかし表現においては真面目で、酒を飲んでいても話題は殆《ほとん》どそうしたことで、賭博、美食、女色などに関する話はあまりしなかった。金の話はときおりしたが、それとて制作資金をどのように捻出するかについてであった。俺も山本もプロレスはよく見たのでプロレスの話はときおりしたかも知れない。

だからその日も山本本人やその周辺の映画や音楽の話をしていたのだと思う。山本と俺は年が六つかそれくらい離れており、その年で六つ違うと生活においては随分と年上に感じたものだが、しかし抽象的な議論においては対等で、意見が対立して激論になることもしばしばであった。そしてそのときもなにかの映画を巡って激論となり、議論は剣呑な雰囲気を孕み始めた。

川辺は目を閉じ腕を組んで二人の議論を聞いていたが、ついに目を開き、「結局、あれだろ?」と言った。山本と私は川辺の次の言葉を待った。川辺は続けて言った。

「映画、ってのは筋を観るもんなんだろ」

山本と私はほぼ同時に言った。

「ちげーよ、バカ」

前に、俺は自分のわかるものだけを探して読むのではなく、わからないものを読むことの重要性を説いた。しかしそれができるのは物語に筋があるからである。筋もなく、ひたすらわからないことばかりが続く、まるで狂人の戯言のような文章を読み通すことはとてもじゃないができない。或いは筋がなくても読むことができるものはある。合理的に理解できる教科書のような本である。ただし、読んでいてまったくおもしろくない。

ということからなにがわかるかというと、そう、筋、というものはおもしろさに奉仕するものであるということがわかる。

ではなんで筋がおもしろいのか。そもそも筋とは何なのか。まず、それについて一言で言うならば、筋がおもしろいのは、人間の中に落居《らっきょ》を欲する気持ちがあるからである。

落居とはなにか。辞書を引くと、
①物事が解決したりして、気持が落ち着く。乱れた心が静まる。安心する。
②心や態度などが、ゆったりする。こせこせしないで穏やかにする。
③人の居所が適当な場所にきまる。また、物があるべき場所に置かれる。落ち着く。
④物事が行きつくところに行きつく。騒ぎなどが静まる。事件が落着する。
と書いてあるが、いま言うのは①②④の意味である。

おもしろい筋とは続きが気になるということである。

この世の栄華を極めた平家一門が都を出て西に落ちていった。と言ったら、ほしたらその後、平家はどないなるのか。滅びてまうのか？　滅びんと復活するのか？　どないなんねん。続きが気になるがなー、となる。

その物語が行き着くところに行き着く様をみたい。どうなるかを知りたいと思う。

或いは、男女は互いに惹かれておった。ところが女には親の決めた許嫁があった。そしてその許嫁は高貴な御方であった。ぷぎゃあああっ。と言ったら、ほしたらその男女はどうなるのか？　どうにかなったら高貴な御方の后《きさき》を奪ったということでどえらい目に遭わされてしまうのではないか？　続きが知りたいやんかいさーああっ、となる。

或いは、数日前から行方がわからなくなった内閣官房副長官が死体となって発見された。死体の頭蓋骨に豚丼を詰められていた。約一か月前、彼はニセコで美女と仲睦まじく豚を散歩させている姿を目撃されていた。と言うと、なんでやー、理由教えてくれえええっ、ということになる。

つまり落居を欲する。これを一番、短くやる方法がある。それは、

「こないだふと思ったんだけどおまえって意外に……」

と途中まで言い、そして、

「ま、いいや。ところで話変わるけどさー」

など言って話を途中でやめる式の言い方である。これをやられると、悟りすました高僧ですら、それまでの超越的な態度をかなぐり捨て、

「うわー、めっちゃ気になる」

と言い、「頼むから続きを話してくれ」と懇願する。これすなわち人間の落居を欲する気持ちである。これはもはや頭の働きではなく、感覚的身体的なもので、ギターでCのコードを弾き、G7を弾いた場合、そのままにしておけず、またCを弾いてようやっと気持ちが落ち着く。落居した気分になるのと少しも変わらない。

これを繰り返して長くしていったものが筋の正体である。それらは作者の工夫と企みにより、登場人物が多くなり、それに伴って落居の筋道が幾重にも重なって、それらが互い

に響き合いつつ、うねりふるえて、最終的な落ち着きに向かって怒濤のように流れていく。その落居の筋道の数が多く、複雑に絡み合って影響を与え合うさまを、読者はハラハラして見守り、最後に、どのように考えても落居しないと思われた多くの筋道が急にひとつところに集まってストンと落居するのを見るとき、読者は胸のすくような快感を覚えるのである。

だから、これらはわかりやすい。なぜならどんなことがあっても落居する、つまり筋があるからである。

だからそういうものを読むのは気持ちがよいし、気分もよい。

しかーし。申しあげたようにそうした読み方だと筋がわかってなお読むということはしにくい。なぜなら。読む動機が落居であり、それが既に満たされてしまっているからである。ゆえ、少し許、わかりにくいものを読むとええのんとちゃいまっけ、と申しあげたのである。

そしてそうしたもののなかに、筋が落居しない小説、というものがある。

そうした小説を初めて読んだとき、俺がどう思ったかと言うと、先ず、「なんじゃ、これ。ぜんぜんっ、おもんないやんけ」と思った。

その小説は北杜夫の『遙かな国 遠い国』という題の文庫本に入っている「三人の小市

民」という小説で、話が落居しないまま終わって、読み終わると心が乱れ、不安になった。心や態度がこせこせして不穏になり、物が訳のわからぬところに置かれ、落ち着かず、物事は中途半端なまま放置され、騒ぎは収まる気配すらなく、事件が未解決なまま終わったのである。

俺はそんな筈はないと思った。なぜならその前に読んだ同じ著者の『船乗りクプクプの冒険』という本では、ハラハラしながらも最終的には、こうなるといいな、と思っていたところに話が落居し、読み終わったとき非常に清々しい気持ちになったからである。

ところがこれにおいてはそうならなかった。

これには三つの章があってそれぞれ、「魔王」「空地」「家」と題されていて、これらは設定も登場人物も違っている。それが「三人の小市民」という題の下、一篇の小説として書かれているのである。

今、改めて読むと実におもしろい小説で、内容を紹介したいのだけれども、また長くなるので省くが、とにかく話が落居しない。それで俺はどうしただろうか。「このように話が落居しないのは作者が下手クソだからだ。もっと上手な、話が落居しまくって、胸がすきまくる人の小説を読もう」と思っただろうか。或いは、年をとり、すべてをわかった気になって傲慢になってしまった今の俺ならそうしていたかも知れない。だけれども、信じられないと思うが、その頃の俺は純粋無垢な少年で、本を出すような人はとてつもない賢人、と信じていた。ゆえ、作者が下手クソ、などとは思わず、「おもろくないのは自分がそのおもろさを感知できないからだ」と思い、もう一度、これを読んだ。

つまり再読した、ということである。でもそう言うと、まるでそれが難行苦行のように感じられるかも知れなく、そうである場合もあるのかも知れないが、その場合はそうではなかった。どういうことかというと、それは一回目に読んだときはわからなかったのだが、落居しないながらところどころに説明のできない、異様なおもしろみのようなものがあることがわかったのである。

それはそこに出てくる人間が陥る状況の説明であったり、その人間が思わず洩らす一言であったりで、二回目はそれをおもしろがって読めるようになった。しかし相変わらず落居はしない。そこで三回目を読んだ。そうしたところ、おもしろいところに差し掛かるのが楽しみになり、四回、五回と読むようになった。そうしたことができるのも、みずから企図してではないが、少し許六図かしくて訣らないと思う位のもの、を偶々《たまたま》手に取ったからである。

俺はこのことを本に書いて「本地タレ吉のもかもか再読術」と題して上梓したいような気持ちになるが、それはしない。なぜならそんなことをするより、今この文章を先に進めることがなによりも大事と思うからである。

そしていま書くのは、俺はそのとき初めて、胸のすくような落居や本地タレ吉なる痴れ者が箇条書きにする再読術の骨子を読む以外の本の読み方を知ったということで、それこそが、その語彙の向こう側に広がる世界、作者がその言葉をそこに置くとき作者の胸の内にあったこと、ひとりの人間とその言葉の距離を知ることだった。

それによって言葉が自分のなかに組み込まれ、他の言葉や自分以外の人間、即ち世界の広がりに接続されて、自在自由にその言葉を使えるようになる。これが見聞きしたものを文章に置き換える変換装置の本然で、再読をする度、知らない、自分でも気がつかないうちに、言葉が自分のなかに組み込まれていき、装置の性能は自分の肉体が消滅するまで向上し続けるのである。

そのための再読をするためには、わからないものを読むとよい、ということは右に申しあげた。そして。

俺は先日、この稿を書くために四十年くらい読んでいなかった「三人の小市民」を読んで、あることに気がついた。それは、これが見事に落居していたということである。俺はこの落居を読むことができるようになったことがうれしかった。それはその落居の形そのものでなく、それを読み取ることのおもしろさからであったが、これもまた変換装置の性能アップに奉仕するということは言うまでもあるまい。

ということで、これまで変換装置の作り方と育て方について話してきた。次にこれらについて補足的な話を少し致すことに致そうかな。

7 語彙についての俺の告白

ゴミ捨て場から持ち去った『ことわざ故事金言小事典』の活躍

先日、人と話していたところ、「おまえの話は余談が多くてわかりにくい。おまえの文学は腐っている」と罵倒されて心が傷ついた。要するに、「もっとわかりやすく一言で言え」「十五秒以内で言え」「箇条書きにしろ」「パワポでやってくれ」みたいなことなのだろう。

まあ、そういう風に要点だけを取り出して、最短で情報を伝えることこそが文章技術である、とその人は思って居るのだろう。だけど俺はそうは思わないので黙っていたら、その人は最後に屁を振りかけて去って行った。俺はひとり泣き濡れた。

まあ、しかし。要点をまとめることそのものは別に悪いことでも何でもないので、とりあえず問答にまとめると、問、文章の上手になるためにはどうすればよいか。

答、見聞きしたもの、思ったこと感じたことを文章にする変換装置を自分のなかに埋め込むべし。

問、どうやったら埋め込まれるのか。

答、本を読むべし。

問、変換装置の精度を上げるためにはどうしたらよいか。

答、一冊の本を百度も読むべし。

問、一冊の本を百度も読むためにはどうしたらよいか。

答、此の世に重なる彼《あ》の世在るを知るべし。簡単に落居する筋の快楽に溺るべからず。


ということになる。どうです？　腹立つでしょ。なぜかと言うと、それは人の反感を買うような漢文調の、上から文章で書いたからである。

忘れていたが昔、役所が書く文章はこういう感じで、「○○すべし」とか、それをしなかった場合は「処罰されることあるべし」みたいな感じで偉そうだった。

だけどやはり民主化の世の中になって、こういう言い方も優しくなって、「○○してください」「罰則が適用される場合があります」みたいなことになった。

そしてその後、ますます民主化が進み、個人が尊重されるようになったので今後はもっと優しくなっていくのかも知れない。

だけど言ってる内容は同じなので、優しく言われたからといってなにが変わるわけではない。ただ、「その言い方はなんだっ。なめてんのかーっ」と心が傷つく人は、優しく言われたら納得して○○するのかも知れない。

こんなことを称して朝三暮四と謂う。どういう意味があるかと言うと、朝三暮四という言葉には、

①偽って人を愚弄すること。
②目前の差別にこだわっているが、実際は同一であることに気付かないこと。
③朝晩のはかない生活、暮らし、生計。

の意味があり、この場合は②の意味である。

というだけではわからない。説明をすると、昔、宋という国があって、そこに狙公という人が居た。狙公は猿が好きでたくさんの猿を飼っていた。狙というのは猿のことで、狙公というのはつまり、猿おじさん、という意味である。

狙公は猿の心がわかった。だから猿も狙公によく懐いていた。

狙公はいつもかなり無理をして猿の餌を調達していた。

しかし或る時、急に狙公の懐事情が悪くなった。そこで狙公は猿の餌を減らすことを考えた。だけど、そんなことをしたら猿が怒る。怒って自分に懐かなくなる。狙公はそれを恐れて一計を案じ、猿たちに先ず、

「猿君、君等の餌、これまで朝四個、夕方四個やったけど、これからは朝三個、夕方四個にしたいと思うんやけどどうかなあ？」

と言った。然うしたところ猿たちは、

「ふざけるな」

「猿の権利を侵害するな」

と言って怒った。そこで狙公は、いかにも困惑した、という表情を造り言った。

「わかった。君等の気持ちはよーわかった。ほしたら、こうしよう、思い切って朝四個、夕方三個にしよう。俺も苦しいけどしゃーない」

然うしたところ猿は、

「わーい」

「さすが狙公」

と言ってよろこんだ、という「列子 黄帝篇」に出てくる話に則っている。

俺はこれを、『ことわざ故事金言小事典』（福音館書店）という本から引いた。私がこの本を読んだのは小学五年かそれくらいのころで、親が自分の教養を高めようと思って買っ

たのだろうか、家に転がっていたのを繰り返し読んだのである。故、これに載っていた諺や金言は私の変換装置に組み込まれ、現在にいたるまで作動して、いまもこのように現実を文章に変換する際に、自動的にこの回路を通るのである。

それから「列子 黄帝篇」に進んでこれを百回以上読めば、俺はもっとまともな人間になっていたかも知れない。だけどその後、いろんな不幸が重なったのと自分自身の怠惰によってパンクロッカーになってしまったため、そうはならなかった。残念である。

そしてパンクロッカーになった俺は、実家を出て各地を当て所《ど》なく放浪、その頃は、本を読むなどということは鬼畜の所業、と固く信じていたため、当然、『ことわざ故事金言小事典』を持ち歩くなどということもなく、これを失《うしの》うてしまい、それ以降はこれを読み返すことはなかった。

それから月日は夢のように過ぎ、十五年くらい経って気がついたとき、俺は物書き渡世に足を突っ込んで、自分の語彙、変換装置に日々、否が応でも向き合わざるを得なくなっていた。そんなとき勃然《ぼつぜん》と思いだしたのが、この『ことわざ故事金言小事典』のことで、自分の語彙のうちかなりの部分が、この『ことわざ故事金言小事典』に拠っていることを悟ったのである。

そこで俺はそれをもう一度、手に取って確認してみたいと思った。だけど右にも言うようにそれはもはや手元になかった。そこで本屋はんに走って行って、『ことわざ故事金言小事典』を探したが見つからず、しょうことなしに別の、ことわざ成句辞典、的なものを何冊か買って帰ったのだけれども、頭のど真ン中に『ことわざ故事金言小事典』があるから、どうにも見にくく使いにくく、買ったなりで放置、結局、自分の語彙の根源を確かめることなしに仕事を続けるという日々が続いた。

そんな或る日。夜の九時頃だったか、ことによると十時頃だったかも知れぬ。急に雑誌を捨てたくなった俺はアパートのゴミ集積場に雑誌を置きにいった。そうしたところ、雑誌を入れるコンテナに見覚えのある本が捨ててあった。

どんな本かと言うと、文庫本よりもっと小《ち》さい、縦13センチ横7センチ（文庫本は縦15センチ横11センチ）くらいの本で肌色のビニールの表紙に黄色の帯が巻いてあって、その上から透明のビニールカバーが掛かっている。

そして、表紙には、ことわざ故事金言小事典、という文字《もんじ》が小さく印刷され、帯には、「生涯の伴侶として座右に置きたい本　世界のことわざ・故事・金言３１６９を収録。『いろはがるた略解』付」とあった。

これこそがそう、俺が子供の頃、読むとはなしに繰り返し読み、もう一度、読んでみたいもの、と念願しつつ、メルカリとか、そうしたものがまだ無かった当時、半ば諦めていた『ことわざ故事金言小事典』であったのである。

告白しよう。俺はこれをゴミ捨て場から持ち去った。右の引用はこれを参考にして書いたものである。そして、今はときにこれを読み返し、その中に強く印象に残ってその後ずっと覚えていた項目、その時は強い印象を受けたがその後忘れてしまった項目、そのときはよくわからないままスルーしたが今読むと強い印象を受ける項目、などあるのを確認してニヤニヤする不毛な行為に耽っている。

確かにこれは畑作や稲作、工作、商業・サーギス、金融といった観点から見れば不毛な行為そのものである。しかし、現実を文章にする変換装置の精度を高めるという観点から見れば有益である。

俺は冒頭に、罵倒されて心が傷ついた、と書いた。正直に言うとそれは嘘である。そう言った方が伝わるかも知れぬと思い、そう書いたのだ。伝わるかも知れぬ、と思った理由はこのところ人に何か言われて、「心が傷ついた」と訴える人が多いように思うからである。

人の心が傷つくとき、人はなにによって傷つくかと言うと、その言われた内容によって傷つくのだが、その内容には二種類ある。

ひとつはその内容が理不尽である場合、ひとつはその言い方が乱暴だったり、攻撃的だったりする場合である。

そんなとき人は、「内容は兎も角、その言い方が気に食わない。謝れっ」と言って怒る。然うした場合、相手があまり賢くなければ、「じゃかあっしゃ」と言い返し、つかみ合いの喧嘩になる。相手が賢ければ、口調を優しく丁寧なものにして同じことを言う。

このとき、朝三暮四という言葉を知らなければ、「ウエーイ、わかったえのっしゃ。仲良うしょうやい」と言い、結果的に理不尽な内容を押しつけられる。だが、知っていれば、「あ、これは例の朝三暮四ちゅうやっちゃないかいな」と気がつくことができる。

つまりこれは傷ついた人と傷つけた人の様々の交渉を文章に描こうとするときの、変換精度が、朝三暮四、という一つの言葉によって少し高くなったということである。

補足的な説明をすると言って雑談的になってしまったが、気楽な随筆みたいな感じにちょっとはなったのかも知れない。しかしそれにつけても、こうやって書いてみると、俺の読書体験はしょぼいなあ、と改めて思ふ。故、読書のことはこれくらいにして次からはいよいよ実際に文章を書くに当たって俺がどんなことをやっているのか、について書いていくことにする。

8 文体が誕生するとき

自分の脳に埋め込まれた文章変換装置を自分で操作できる人とできない人

自分の読書体験はしょぼい。だからこれくらいで切り上げて、俺がどんな感じで文章を綴っているかについて話していこう。

俺は大体、一年のうち三百六十日くらいは文章を書いている。といって一日中書いているわけではなく、書いているのは午前中の七時から十時くらいまでと、午後の一時から三時くらいまでである。そのうち午後の部は他の用事があってできない日も少なくない。

それでどれほどの分量を書くかというと、まあ、そうさな、多い日で四百字詰原稿用紙で十枚くらい、少ない日で一枚くらい、平均すると一日三枚とかそれくらいしか書いておらない。

これが多いか少ないかというと、まあ少ない方だと思う。

なぜそんな少ない量しか書けないのかというと、それはそれだけクオリティーが高い文章を書いているからである。

というのは嘘で、無能だから、というのがその実相である。それゆえ土日も休まず文章を書いているのであり、稀に、「ほとんど休まず仕事をしているのは尊敬に値する」と称えて下さる方があるが、それはとんでもない誤解で、鈍くさくて人の三倍も四倍も時間がかかっているに過ぎない。もしこれがバイトだったら三日で首になっているはずである。

しかしまあそんなことでも二十年くらいやっていると、少し許は気付いたこともある。どういうことに気付いたかというと、自分のなかに埋め込まれた変換装置がどういう風に作動して文章がうまれてくるか、ということが、最初のうちは無我夢中で書いていたからわからなかったのだけれども、やっているうちにその動き方がだんだんわかってくる、ということにである。

なんでそんなことになるかというと、前に申しあげた通り、変換装置は幼き頃の読書により、知らない間に体に埋め込まれ、本を読む度にその性能があがるのだけれども、それも知らない間に勝手に回路が組み上がるため、当の本人はそのスイッチやつまみの在処がわからず、自らこれをコントロールできぬからである。

そう、そも変換装置というものはバックグラウンドで作動するものなのである。

そしてその変換装置というものは人によって設計思想が異なっているため、なにがどう動いてそういう文章が出てくるかは実は謎なのである。しかーし。

二十年もやっていれば、出て来た文章を見て、「あー、この文章はこういうところから出て来たのか」ということが自分でわかるようになり、多少ではあるがパラメーターを操作できるようになる。

これが所謂《いわゆる》、文体、の正体である。そして文体の誕生である。

そしてこのパラメーターの目盛りの刻みが細かければ細かいほど精妙な文体を拵えることができる、ということである。そしてまたこのパラメーターの数が多いほど、玄妙な文体を構築することが理論上可能になる。

だけど、この自分の脳のなかにあるパラメーターに指を突っ込んで操作すること自体が至難の業なので、いくら細かくても数が多くても、その全てをコントロールして、思い通りの文体を拵えることはできない。

そしてこれをコントロールして文体を拵えている人も、多くのパラメーターを細かく操作しているわけではなく、膨大にあるつまみのうち、多くても三つくらいを、ごく大雑把に操作しているに過ぎない。

なぜかというとそれは右に言うように、パラメーターは基本、automatic に作動して随意に動かせないように出来ているからで、もし仮に動かせたとしても、伝わらないといぅか、下手をしたら気のおかしい人が書いた文章みたいになって、苦労した割に誰にも理解されない孤独と絶望で、本当に気がおかしくなって、周囲からも距離を置かれ、行政の支援を得ることもできないまま、誰にも看取られず路傍に死す。みたいなことになる可能性が高い。

だからそんなことをする必要はない。というか何度も言うようにできない。

しかし、その動き方を知るのはよいことである。なぜなら、それを知ることは自らの文体を拵えることであるからである（さらに言うとこのことは、文章の、その内容によい影響を与える効能もあるからであるが、それについては次章以降で記す）。

ということで、文体、というものを確定・確立しようとするなら、自分の脳内で、勝手に作動している変換装置の動きを知る必要がある。

しかしそれもまた難しいことで、じゃあもう、そんなこと気にしないで虚心坦懐、ただただ内容に随って、というのはつまり内容の求めるがままに文章を綴っていけばいいんじゃないの。

ということになる。

この時の内容というのは、需要、と言い換えてもよろしいだろう。つまり。「相手に伝えることがあるならば、それが正確に伝わるような文章を書けばよろしいんじゃないのかよ、クソがッ」という御議論である。ちょっと書いてみると、

駅の中央改札を出て、B6出口から地上に上がる。九西田通りを渡って東に進み、四つ

目の角を左に曲がる。ひとつ目の角を右に曲がり、三百メートルほど進むと右前方に見える黄色いビルの正面左側のエレベータで三階に上がり、三〇二号室を訪ねてください。

みたいな文章である。つまり、実用的な文章である。しかしこんな文章を書く場合にも、埋め込まれた変換装置はブルブル震えながら作動しており、人によって書きようは千差万別、何億通りもの書き方がある。例えば、人によってはこんな風な文章になるのかも知れない。

鶴暮駅を出て、九西田通りを渡って右に行く。左手がコンビニになったら左に曲がる。右手が八百屋になったら右に曲がる。左手がすき家になったらその前の黄色いビルの三階です。

この後の方の文章は、私が実際に読んだことがある文章に若干の手を加えたもので、催しのビラにあった、ある催しが行われる店への道順を記した文章である。

この文章を読んで驚愕しない人はいないだろう。なぜならこれを書いた人は人間の手が、歩くにつれ、突如としてコンビニになったり、八百屋になったり、はたまたすき家になるなどすると固く信じているように読めるからである。

となるとこの文章は、内容の要請、則ち、店への道順を説明する、という要請を満たしていない。なぜなら九西田通りを渡ろうがなにしようが、人間の手が突然、コンビニや八百屋になるということは絶対にないからである。故、

「こないだ道歩いてたらやー、左手が急に八百屋なってもおてやー」

「ふんふん、そら買い物いかんでええから便利やな、て、なるかあっ、人間の手が急に八百屋なるかあっ」

という漫才はぎりぎり成立するかも知れないが、
淑子は困惑した。左手が急に八百屋になってしまったからである。

という書き出しの小説を成立させ、かつ読者におもしろがって貰うにはかなりの労力が必要になり、そもそもこんなアホらしく、どう考えても実りの少ないことにそんな労力を使う作者はそんなにおらないからあまり成立しない。

なぜこんなことになるかというと、駅から店舗までの道、という現実を文章に変換する装置が埋め込まれていないからこんなことになるわけで、それが埋め込まれていればこんな文章は書かないし、読むことによって作られる変換装置は、その装置が作動して書いたものも、また読んで修正するフィードバック機能が搭載されているから、一旦書いてしま

っても、「ああ、主観的な回路を通っているからあかぬ」と装置自身が判断して、書き直しを脳に要請する。

ただし、このフィードバック機能がまったくない装置もあるし、玄人で締め切りに追われている人は、脳内に指を突っ込んでパラメーターを動かすのと同じ手つきでこのスイッチを切っている人もいる。しかしそういう人は、自分で変換装置の動き方を知るので、切っても大丈夫なのである。ただし怠惰や老耄によって、これができなくなった場合は、フィードバック機能がない人と同じ結果になる。

同じ結果とは何か。そう、右の如き、実用的でなく、といって文学的でもない文章を書いてしまうのである。

ということで、変換装置の働きを知ることは大事なことである。

しかし右のことからわかるように、変換装置を埋め込み、これを使えるものにするにはまず時間がかかるし、その働きを知り、コントロールし、文体を拵えようと思うともっと時間がかかる。だからと言ってこれがないと実用的な文章もちゃんと書けない。というのはつまり、間をつづめて言うと、実用的な文章にはそれ用の文体があるということである。

じゃあどうすればよいのか。

大丈夫。心配することはなにもない。もしそれが是ッ非、必要なものであれば、大抵のものは既に誰かが拵えて世の中に存在している。逆に、

「そんなもんいらんやろ」

と誰もが思うものは世の中にない。しかしごく稀にそういうものを拵える人が出てきて人間の生き方や世の中の仕組みを意図せず変えてしまう。だけど、今、言っておるのはそんなものではなく、ごくありふれたものである。

なにかというと、外付けの変換装置である。これを買ってきて、紐で頭に繋げば、自分が目で見たり耳で聞いたりした、現実の有様が、その装置の中にニュルニュルと取り込まれ、また、脳に戻って文章になる。

その使い方や入手方法については次に申しあげる。

9 「文章教室」の効能

伝わりやすい文章を書いても伝わらない現実がある

現実を文章に変換する装置は元来、脳に埋め込まれ、脳内で作動するものだが、これを埋め込み、使えるものにするためには時間と手間がかかる。

その時間と手間を省くために此の世には外付けの変換装置というものが在り、それだと外付けなので本来、バックグラウンドで動作していじれないパラメーターも操作できて便利ですよー。

という話をした。その続きを申しあげる。

それはどういうものかというと、まあ率直に言って、所謂、「文章教室」の如きものである。そういうところに参ると、「なぜ然うしなければならないのか」という理由を全部省いて、「上手な文章」を書く方法を箇条書きで教えてくれる。

そしてそれを逸脱するような文章を書くと、「こういうことは上手ではなく、下手である。下手であるということは、人間以下のけだもの、であるということに等しい。直しなさい」と指導してくれるので、知らず知らずのうちに文章が上手になっていく。

これを私たちの業界では外付け変換装置というのである。

ところで、いま私は「参る」と申しあげた。昔であれば、そうした教室に束脩《そくしゅう》・月謝を払って、訳のわからんおっさんを先生と呼んでその指導を受けなければならなかったのだけども、そうした場合、そのおっさんが嫌いだったり、或いは又、生徒の中にいけずなおばはんがいてことある毎に迫害・差別してくるなんてことがあって嫌になったり、そういうことが起こると予測して参れなかったりしたが、現今はオンラインで授業を受けることもできるし、それも嫌ならインターネットを渉猟して自分に必要な知識・情報のみを得ることもできるので、外付け変換装置はますます得やすくなっている。

ではその指導内容がどういふものかを具体的に言ふと、「恁うやつたらいいよ」というのと、「是をやつたらあきまへぬよ」と謂ふのが夫夫《それぞれ》五つくらい挙げてあつて其の〆て十ばかりの法則を守つてゐたらよろしやんけじゃん的な、宇宙に女郎蜘蛛を入れ込んだやうに喜びと悲しみに充ちあふれたシロモノである。

と私が今、右に四行の文章を書いたが、この中に「これをやったらあかんよ」というのを意図的に混入させておいたので、どこがあかんかを自分が文章教室の師匠になったつもりで選んでみるとよい。そうすることによって文章教室の教えのポイントが自ずとわかり、自分も文章教室を開いて粗利を得ることができるかも知れない。

そしてそうして指摘する際、どういった基準で指摘すればよいかというと、自分に伝わらなかった、自分がわからなかった。自分が不快だった。自分が嫌いだった。という具合に、「自分」を基準にすると指摘しやすい。

なぜなら、それは自分の実感なので、自分のなかだけで完結して、ということは感情に基づくものなので、理屈に照らし合わせる必要がなく、話が早いからである。

だけど、そんな感情で物事を決めてよいのか、という疑問は当然生じる。というとそれはよい。なぜなら、外付け変換装置の基本動作は、或る人の見聞した事柄が別の或る人に伝わる文章を作成することであり、容易に素早く伝われば伝わるほど、「上手な文章」ということになる。

そのとき、文章のよくない部分を指摘する自分、とはなにか、というと、勿論、その文章を書いた或る人ではなく、それを読む、別の或る人である。ならば、その自分の感情をも考慮して、その自分の労力をなるべく省いて、ざっと読んだだけでも「伝わる」、明快で要点を押さえた文章を書くのは、当然、書く側の義務であり、読む方はどれほど感情的であっても問題はない。

たとえそれが激昂して気がおかしくなっている人であっても、饂飩《うどん》をうまいと思って食べている人であっても、同じ意味内容が伝わるべきであるからである。

そういう観点から指摘すれば、右の四行はどう考えても駄目である。

○仮名遣いがおかしい。
○漢字表記がわかりにくい。
○方言が混ざって読みにくい。
○一文が長い。
○抽象的な表現が多い。

など、まるでわざと人に伝わらないように書いているのではないか、と思ってしまうほどの、屑文章である。

つまりだからこの逆をやれば、人に伝わりやすい上手な文章を書くことができる。そこへ文章を導くのが外付け変換装置の目的・役割なのである。

だったらそれで充分やんけ。なにもこんなしょうむない文章を読む必要はない。

てなものであるが、ではこれを入手して紐で頭に繋いで、此の世の全てを文章に変換できるかというとそんなことはない。変換できる現実はあるにはあるが、それはごく限定された一部の現実に過ぎず、多くの現実は変換されないまま放置される。

なぜそんなことになるのかというと、そこで表現される現実が抽出された現実であり、その現実に触れて湧き起こる感情は、人はこのような現実に触れればこのような感情を抱くことになっている、という具合の、規定された、感情であるからである。

それは、「さねさし」と言えば、もう自動的に「相模」と言い、「ひさかたの」と言えばautomaticに「光」と言う。「たらちねの」と言ったら「母」と言う。

これは枕詞と言って、歌を拵えるときはこういう言葉を使用するのだけれども、それに似て、だいたい国語を遣う人間はこういうことに対して、こういう風に言うと、こういう風に思うはず、ということを予め決めつけた上で、こういうこと、という現実と、こういう風に言う、を自動的に結びつけ、その範囲内だけで言葉を使用するということである。

だけどそれは、当たり前の話だが、多くの現実を取りこぼす。なぜなら、現実はいろんな事情が絡み合って複雑で、そのように単純でないからである。

といってこれがまったく機能しないわけではなく、右に言うように限定された範囲であれば機能する。

大事なのはそれが限定された範囲であるということを知るということである。

それを知らないで、外付け変換装置の機能のみに頼り、内蔵変換装置によって変換した言葉を「間違い」と決めつけるのは間違いである。

これについて考えるとき、法律、になぞらえて考えるとわかりやすいかもしれない。人はなんらかの理由で人を殺してしまうことがある。

そして殺してしまった際は、法律で罰せられる。しかし法律でカバーできるのは罰するということだけで、そもそも人が人を殺すこと、その根本には法律が触れることのできない別のなにかが横たわっている。

つまりこのように法律には限界がある。此の世のことをすべて法律で解決するのは不可能で、そのうえ法律を誰が定めるのか、神か、人間か、自然か、という問題も未だ結論が出ておらず、というか、人類滅亡の日を迎えても結論は出ないであろうと思われ、対立するとすぐに法律を持ち出して、鬼の首を取ったように、

「ほら、見ろ。法律ではこのようになっている」

と息巻き、勝ち誇って花束を掲げ、鴨南蛮を啜るなどする人があるが、その蔭で、納得のいかぬ思いで夜空を見上げ、溜息を吐く人も多くゐる。或いはもっと言うと死に追いやられる人がある、というのもまた現実で、元来、変換装置は、そのような現実も言葉に変換するはずである。

だけど、外付け変換装置はきわめて雑に作られ、そのような複雑な思いも、伝わりやすい言葉にまとめてしまう。

イエス・キリストは、労働をしたらあかぬ日に、腹を減らせた一門の人間が労働したことを、文句言いの奴らに咎められたとき、「安息日は人のために定められた。安息日のた

めに人があるのではない」と言うたそうである。

いつの時代も不完全な法律や道徳を盾に取り、ギャアギャア言ってくる文句言いはいるが、それに対応するために外付け変換装置だけを使っていたら、殆どのことが伝わらない。だけど伝わることだけで運営される現実もある。

わかりやすい例で言うと交通法規というのは交通を円滑にするためだけの社会の了解事項である。そこには遠慮や会釈といった人間的な感情は一切なく、人間は機械と同じように動作することを求められる。

それ自体はとてもよくできているが、それが適用される範囲は限られていて、運転していないときはさらに多くの複雑な感情が、目の動きや言葉の端々に現れ、人はそれを感知して感情生活を営む。

つまり交通法規に則っているだけでは運営できない現実も此の世にはある。だけど外付け変換装置を通した言葉の遣り取りはそれらをすべてないことにしてしまうのである。

時折、「登場人物の名前が読めない。正しくは何と読むのか」と聞かれることがある。そのときかなり怒っている人が半分くらいいらっしゃる。

しかし漢字に正しい読み方など元来ない。そんなものは好きな音で読めばよいのである。ひとつも音が浮かばないときは、漢和辞典でしらべればよい。家に漢和辞典がない場合は買えばいい。買うカネがない場合は稼ぐか借りるかすればよい。それが嫌な場合は、図書館に行けばよい。それもダルいなら、どうしたらいいのか。俺は知らん。っていうか、パソコンの入力プロセッサに漢字検索があると思うから、それで調べたらドウなのか。

というと、そんなことになるのはその方が、「おまえが外付け変換装置で変換される以外のことをやろうとするからだ。外付け変換装置はみんな使っているグローバルスタンダードだ。グローバルな視点を持たぬおまえは屑だ。だから日本は遅れてる、ってんだ。日本語で書くな、英語で書け、ぼけっ」的な意見をお持ちだからだろうが、それがいかに愚かな考えかというのは右に申しあげた通りである。

つまり。外付け変換装置は使ってもよいが、使う際はその使用範囲に限界があることを称して、それが唯一無二、「正しい日本語」と思ってたら、多くのことを見逃し、結果的に、貧しい語彙だけを信じて、綺麗事だけを言うて儲けてる屑にかもられてそれにも気がつかないアホのまま老いて死にますよ、ということを申しあげて、次に内蔵変換装置の働きについて申しあげる。

10「書きたい気持ち」というもの

生まれ持った才能以外の少ない才能を活用する

外付け変換装置の効用と限界について申しあげた。次いで内蔵変換装置の働きについて申しあげる。

これの働きはこれまで申したとおりで、様々の現実、種々の事象を玉梓《たまずさ》・文章に置き換えることである。そしてそれら現実には物象があり、心象があり、外側のことと内側のことがある。

往来に立って世間を眺むれば様々の景色が眼に入る。いろんな音が聞こえてくる。いろんな匂いが漂ってくる。

それらは二六時中のことなので、これをことさら意識することはなく、そのまま忘れられる。これすなわち内蔵変換装置がオフの状態である。

ところがこれがオンになると、「おほほ、あんなところに豚の置物が。踝《くるぶし》の丸出しが」

るようになる。

「くほほ、アホが罵り合う声が」「るほほ、クズ人間の腐敗臭が」なんてことが意識せられ

そして人間の場合、そうして自分のなかに取り込まれたものを人に話したい、という衝動が生まれてくる。なんとなればそうして取り込んだまま身の内に溜めていると気がおかしくなる傾向にあるからである。

そこで話せる場合は話すのだけれども、話す相手が居ない場合もあるし、口ではうまく言えない類のこともある。

また、さらに言うと、見たもの、聞いたもの、については人は、それが仮に平凡なものであったとしても割と話を聞いてくれる。

「昨日な、自動販売機でコーラ買おおもてんけどな、なかってん」

と言えば、

「あ、ほんま」

くらいのことは言ってくれる。さらに情け深い人なら、

「そら残念やったな」

と言い、同情してくれるかも知れない。ところが、そこから発展して、それに対して自分がどのように思ったか、つまり見たこと聞いたことに対する自分の考え・思想を述べたくなり、述べると、大体の人は話を聞かず、花を眺めたり、昼ご飯に思いを馳せたりする。

なぜかというと、おもしろくないからで、これをおもしろくして、人に伝えるためには内蔵変換装置をオンにして、文章に変換する必要があるのである。

扨、然うして今は、俺の言い回しの微妙な違いに気がついたであろうか。

どういうことかというと則ち、「内蔵変換装置がオンになると」という言い回しと「内蔵変換装置をオンにして」という言い回しでである。

これはどういうことかというと、その時、自分が文章を書こうという意識を持っているかどうかの違いで、文章を書こうと思えばオンになるし、とくに思っていないときはオフになっているのだけれども、それが知らない間に勝手にオンになっていて、装置の中のストレージに書き込まれる状態である。

このストレージが一杯になると、人はストレスを感じ、これを話す、書く、などしたくなる。

だから厳密に言うと、オンとオフの間に、予熱というか、半クラッチというか、そんなような状態がある。それが外界の有り様や心の働きに反応して、「内蔵変換装置がオンになる」状態である。そして、「よし、ほんだらいっちょ人が、おっ、と思う文章でも書いてこましたろかい」と自ら思うのが、「内蔵変換装置をオンにする」状態である。

つまり、オフ↓予熱↓オン、ということになるのであり、これをさらに詳しく言うと、オフ↓予熱↓ストレージの溢れ↓オンにして書く、という流れになる。と言うのはだけど、理論上の話で、実際はこうはならない場合が多い。

どういうことか。例えば俺の場合で言うと、もし理論通りなら、「おお、なんか、日々、現実に触れたり、自己と向き合うなどしていたら自分のなかに書きたい小説（若しくは随筆）が溢れてきたなあ。よし、書いてこましたろ」

となるはずだが、そんなことはまずなく、

「今日、〆切やんけ、だるいのお。しゃあないよって書こかいの」

という場合が殆どである。ゆえ、流れで言うと、内蔵変換装置オン→ストレージにアクセス、という順番になる。といって、でも、人がモノを書くということはストレージのオーバーフローによってなるので、まだストレージに余裕がある場合は書くには到らない。

じゃあどうするのか。やり方はふたつある。

ひとつは、いったん内蔵変換をオフにして、予熱のスイッチが入るのを待ち、そして入ったらストレージが一杯になるまで待つ。そうして溢れてきた時点で再びスイッチをオンにして書く、というやり方である。

だけどこれには大きな欠点《けってん》がある。それは、右に申したとおり、予熱のスイッチは自分でオンにすることができず、ひとりでにスイッチが入るのを待つしかないという点である。そしてこのスイッチが入るということをもっと平明に言えば、事物に触れてなんらかの感興／感慨が自然に湧き上がる、ということである。

しかしいくら事物に触れてもなんの感興も感慨も湧き上がらないということもある。例えば俺の例ばかりで申し訳ないが、それで言うと俳句というのがある。

或る時、俺は俳句を作りたくなった。作りたくて作りたくてたまらなくなった。そこで内蔵変換装置をオンにした。だけどできない。ストレージが空っぽだったのだ。そこでやはり俳句と言えば、四季の花といった自然のものを観察すれば、なんらかの俳句的感興が湧き、それが身の内から溢れ出て句になるのではないかと考えた。

それでサンダルを履いて庭に出た。折しも春で庭池の畔の枝垂れ梅が満開であった。俺は池の畔に立ち、梅を眺めたが、なんらの感興も感慨も浮かばず、しかしそれではいけないと、

「おー、梅だぜー」

など言ってみたが、やはりダメで予熱のスイッチはついに入らず、俺は俳句を諦めて家に戻り、竹輪を食べ食べ YouTube でコントやプロレスを鑑賞したのである。

と言うとまるで俺がどうしようもないアホのように思えるが、実はこういうことはよくあることで、予熱スイッチをオンにしようと、博打を打つ。麻薬に耽溺する。傭兵になる。なんてなことをわざわざしてみたり、そこまで剣呑でなくとも、盛り場に出掛けていって酒を飲み莫連女とほたえる。旅行をする。習い事をしてみる。みたいなことをする人は多いだろうし、そういう刺激的なことではなく、田舎に暮らして自然の中に身を置き、自然

の声に耳を傾け、天然酵母パンを焼いて食する的なことをする人もいるであろう。
そしてそれのどれがもっともスイッチが入りやすいといったことはない。
なにをやっても俺の、「おー、梅だぜー」みたいなことにしかならない場合もあるし、スコッと入る場合もあり、当てにならない。

だけど、すぐに文章を書きたい、ことに〆切のある場合などは、このやり方は王道ではあるがあまり役に立たない。

そこでもうひとつのやり方をとる。それは、予熱のスイッチが入らないまま、したがってストレージが空っぽ、即ちなんらの発想も着想もないまま書き始める、というやり方である。

と言うと、果たしてそんなことが可能なのか、と思うかも知れぬが、実は可能である。どういうことかというと、感興/感慨、発想/着想、ではなくなんらかのism・主義主張に則れば、自分の脳内のストレージが空っぽでも文章を書くことができる。

この方法にはひとつの利点がある。それは、書こうと思って変換装置のスイッチをオンにして、その主義主張について考える、学ぶなどするうち、知らぬ間に予熱のスイッチが入り、独自の発想/着想、また多くの人に未だ知られていない情報や知見、が一杯になったストレージから溢れて、書くこと、の本来の流れに立ち戻っていくかも知れない、という利点である。

ただし必ずそうなるかというと、残念ながらそうではない。なぜかというと、その多くは、そのismへの突き詰めがそこまでてなく、というか主義主張といって、それは、「平和は尊い」とか「仲間を大事にしよう」とか「人には親切にしよう」といった、まるで幼稚園で習うようなことに依拠している場合が多いからである。

それを一言で言うと、空虚、からっぽ、ということで、別に言っても言わなくても同じ、ということである。

なにかを書きたい、なにかを言いたい。だけどストレージは空っぽ、という場合、この方法が多く用いられる。そしてそれは特に反対する理由もなく、当たり前のことなので、これに技巧がプラスされれば、なんとなくそれらしい文章になる。

これに稚拙な言葉の技巧とそれなりの音楽がプラスされれば売れ線のロックやJポップになる。

つまりストレージが空っぽで空虚でも文章の技巧さえあれば、それなりの体裁を作ることができるのである。或いはそれは右に申した俳句や短歌といった定型詩もそうで、歳月を超えて人の心に残り、肺腑を抉る名歌・名句を目指すのではなく、その都度、歌や句を拵える、そのことだけを目指すのであれば、とても便利な形式である。

とにかく詩を書きたい。小説をものにしたい。楽曲を完成させたい。というのであればこのように内心から溢れる感慨／感興もなく、書くことが可能なのである。

勿論そうしたものは一時的に世間の耳目を集めることは可能であるが、右にも言うように言っても言わなくても同じような、誰が言っても変わらない、取り立てて言ったり書いたりする必要のないことなので、本当は、オフ→予熱→ストレージの溢れ→オンにして書く、という流れに沿い、ストレージが溢れなければなにも書かないで心静かに黙って過ごす。或いは、書くこと以外の気晴らし、暇潰しを見つけ、楽しく過ごすのが得策である。

しかしまあ、そうは言っても書きたいという気持ちがあるのはわかる。なぜならそういう俺自身が、いつもそう思って、自分のストレージを探り、ときに無理から（注・無理矢理という意味の大坂語）書くこともあるからである。

つまり。もうはっきり言ってしまえば、予熱がオンになりストレージが一杯になって着想が湧くというのこそが、そもそも生まれ持った才能という、アホみたいに当たり前の結論に到ってしまう。

しかーし。

いくら才能があっても常に研ぎ澄ましていないと鈍る。また、人間も動物である以上、老いて死ぬことからは免れ得ず、騏驎《きりん》も老いては駑馬《どば》に劣る、と云ふ通り、年をとると耄碌してストレージも水漏れしてなんにもたまらなくなる。そういうことを少しでも防止するために、かつまた才能がなければないほど、その少ない才能をフルに活用する必要がある。

そしてまた、本来の流れに沿ったところで、やはり技巧は必要である。それこそが変換装置の精度を上げる努力である。それをするためにはどうすればよいか。次はそれについて申しあげる。

11　文章に技巧を凝らす

筋道を見せる「プロレス」的文章と敵を倒すための「格闘技」的文章の違い

自分は子供の頃、プロレス中継をテレビに見るのが好きであった。そしてまた同じき頃、「ウルトラマン」という題の番組を見るのも好きであった。

という文章のなかにどれほどの技巧が使われているであろうか。

ひとつびとつ見ていくと、まず目に付くのは、多くは、「私は」「ぼくは」などと書くところを、「自分は」としてあるところで、これはどう見ても、筆者の巧むところであることは間違いない。それから、「プロレス中継をテレビに見る」という言い回しも怪しく、意図的に常套的な言い回しを迂回しているように見える。また、「同じ頃」と書かず「同じき頃」なんて古語を現代文に混ぜ込むにいたって作為は明白であり、『ウルトラマン』という題の番組を見るのも好きであった」という箇所も、読みよい文章を意識して、さらっと書くなら、「『ウルトラマン』を見るのも好きだった」とすればよいが、そうせず、「『ウルトラマン』という題の」と正確を期すところに、この文章を書いた人間の文章への偏執ぶりが伝わってくる。且つまた、それほど言葉に拘泥するのであれば、「観る」と書けばよいものを、わざわざ「見る」と書いてあるのが、偉そうにしている割に不注意なのか、それとも、敢えてそう書くことによって何事かを伝えようとしているのか、そのどちらなのかが皆目わからないという不気味な印象を読むものに与える。

こうしたことを内蔵変換装置はおこなっているのであるが、そのうえでこの文章を、

私は子供の頃、テレビでプロレスを観るのが好きだった。同じ頃、「ウルトラマン」を観るのも好きだった。

と書き改めることもできる。おそらく外付け変換装置をオンにすれば、このような文章が自動的に生成されるであろう。

さて、そして正直に申しあげると、この「自分」というのは誰かというと俺である。そう俺は子供の頃、プロレスを観るのが好きだった。そして「ウルトラマン」も好きだった。その両者には共通点があった。それは紆余曲折がありながら最終的には、「ええもん」が「わるもん」に勝つ、という共通点である。ということは俺はそこが好きでこの二つの

テレビ番組を好んで観ていた、ということになる。つまり。「ええもん」が勝つ、その様が観たくて俺はこれらを観ていた。これを言い換えると、俺は自分の思い通りになる、その成り行きが観たくて、毎週毎週、飽きもせで、これらを観ていたということになる。

と書いて思ふのは、「わがまま」と謂ふ事である。「わがままか」と自分で自分のことを思ふのである。

然り、これは、世界が自分の思い通りであって欲しい、という幼稚で未熟な願望の表れであり、つまり、幼児のわがまま、と同じものである。

だけど、俺はそれを毎週、ドキドキして観ていた。

というと多くの賢者は、「おまえはアホか」と言うだろう。というのは当たり前の話だ、「日本プロレス」で日本人エースであるジャイアント馬場が負けることはなく、「ウルトラマン」で絶対的ヒーローであるウルトラマンが怪獣に倒されるはずがない。それがわかっていてドキドキするなんて、はっきり言って知恵が足りない、いやさ、知恵がないのではないか、と仰るのである。

確かに俺はアホだ。だけど、さすがにそれくらいのことはわかっている。にもかかわらずドキドキするのはなぜかというと、「もしかしたら今回に限っては、ええもん、が負けるのではないか」と思うからである。そんなことはあってはならないし、そもそもあり得ない。それでもそう思ってしまうのはなぜかというと、ええもん、が負けそうになるからである。

どういうことかというと、ええもんは、まず基本的に強い。だから、本来であれば、わるもんなど一撃でやっつけるだけの能力を有している。ところがええもんには弱点が一つある。

それは、ええもん＝ええ者＝善き者、なので、悪しきことができない。わるもん、はここにつけ込んでくる。つまり悪いことをするのである。

定められたルールに則ってやったらええもんは絶対に勝つ。しかし、わるもんはそうしない。噛みつく。目潰しをする。金的を蹴る。女を攫《さら》って人質にする。嘘をつく。平気の平左で人を傷つける、ひどい時は殺す。なんてことを当たり前のようにやってくる。

その都度、ええもんは翻弄され、裏をかかれ、ぼこぼこに殴られ、蹴られる。必殺技を掛けられて苦悶する。そしてそれを観ている側は、「これまでは何度も危機を乗りこえてきた。だけど今日という今日はもう駄目なのではないか。負けて滅んでしまうのではないか」とドキドキハラハラし、ええもんがやられそうになる度に、「神も仏もあるものか」と天を仰ぐのである。

しかしそれは偶然の成り行きでそうなったのではなく、筋を作る人が巧んだもの、すなわち技巧である。

強い「ええもん」が番組開始数分で「わるもん」を誅戮《ちゅうりく》したら、すべての人が賢者のようにドキドキしない。そこで、正義の足枷、という設定を設け、強い↓勝つ、という真っ直ぐな筋道を、強い↓だけど正義という制約によって負けそうになる↓勝つ、という風に寄り道をする。

このことは観る者の、「わるもん」に対する憎しみを増大せしめ、わるもんが倒されたときの快感がいや増すということにも繋がる。

という風に設定によってわざと回り道をする、迂回する。それにより、流れが生まれ、groove が生まれるのである。

つまりだから、ただただ強いだけの奴が出てきて、なにも迂回せずに数秒で「わるもん」に勝ったとしても、観ている方はなにもおもしろくなく、そこはやはり、この迂回・回り道があってこそ、プロレスの試合が成り立つのであり、ウルトラマンは共感を得て無限の愛と悲しみを一身に体現するヒーローとして民衆に認められるのである。

だからジャイアント馬場は最初から十六文キックを出さず、ウルトラマンはスペシウム光線をカラータイマーが点滅するまで用いない。

そしてもっと言うと、このときレスラーはそしてヒーローは別に敵を完膚なきまでに叩きのめすために戦っているわけではない。ではなんのために戦っているかというと、その迂回した筋道を見せるために戦っているのである。そして、わるもんもこれに協力して、より自分が悪として際立つような、様々の工夫を凝らす。

それはもう本当に様々であるが、つまりそれらを総称して技巧と呼ぶのである。

さてその上で、冒頭に挙げたふたつの文章を見ると、ひとつが、そのように敵を倒すためではなく、迂回する筋道を見せるために書かれた文章、もうひとつが、敵を倒すために書かれた文章であることがわかる。っていうのはいちいち言わんでもわかると思うが一応言うと、「自分は子供の頃、プロレス中継をテレビに見るのが好きであった。そしてまた同じ頃、『ウルトラマン』という題の番組を見るのも好きであった。」が、筋道を見せるための文章、「私は子供の頃、テレビでプロレスを観るのが好きだった。同じ頃、『ウルトラマン』を観るのも好きだった。」が敵を倒すための文章である。

と言うと、「え、敵？　どこに敵が居てますの？」という勘の悪い人が必ず出てくるので、念の為、言っておくと、此処で言う、敵を倒す、というのは、意味内容を伝える、という意味である。

つまりそう、だから、文章において技巧を凝らす、ということのひとつには、このような迂回があるのである。

もちろん此の世には意味が正確に伝わる文章を書かなければならない場合も多くあり、

それを否定するわけではない。それは謂わばプロレスではなく格闘技である。とにかく、自分がやられる前に相手をぶっ倒す。それだけである。それがおもしろかろうが、つまらなかろうがどうでもよい。倒さなければ自分が倒される。だから倒す。意味が伝わらなければ、上司や得意先から、「あいつなに言ってるかわからない」と白眼視され、社会の片隅に追いやられ、酒に溺れ、麻薬に溺れ、心身を害して孤独に死んでいく。それが嫌だから必死で意味や意図を伝える。ただそれだけのことだ。どっちがいい訳でも悪い訳でもない。

ただし、格闘技は、どっちが勝つか、という部分におもしろみがあるが、意味を伝えるためだけの文章にはそうしたものはなく、なんのおもしろみもないので注意が肝要である。正確無比で、どのような誤解も生まず、言いたいこと、伝えたいことだけを連ねた完璧な文章を書き、「俺は強い」と誇ったところで、誰も褒めてくれないし、もっと言うと誰も読んでくれないかも知れない。

どのように、格闘技的文章を書こうとも、「どうしようもなくそこから漂ってくる文章の香気」「伝わってくる人柄」みたいなものはどうしてもこれ、ある。なんちゅことはない事務連絡のメールで、要用のみが記してあるのだけれども、なんかこう、いい感じで、何度も読み返してしまうものと、味もしゃしゃりもなく、そのせいかそこに書いてある用件すら、しょうむないものに思えてくるものがある。

どうようにそれがプロレス的迂回に満ちた観客の受けを意識した文章であっても、そのなかには、どうしても伝わってしまう意味、どうしてもしてしまう落着、考えさせられる意味内容、みたいなものがあり、一概に、格闘技的文章だからおもろない、プロレス的文章だから意味がない／意味が伝わらない、とは言えない部分があるのもまた事実なのである。

そうした間の部分も含めて、調節していくのが迂回の技法であり、内蔵変換装置のもっとも基本的な働きということを申しあげて、次はその具体的なやり方について申しあげる。

12 「迂回」という技法

「テレビ」を「テレビジョン」と書く時に現れるもうひとつの現実

意味を伝えるだけの実用的（格闘技的）な文章とおもしろみを伝える快楽的（プロレス的）な文章があり、その違いは「迂回」のある／なしである、ということを申しあげた。

本稿の目指すところは文章の上達なので、ここではその具体的なやり方について申しあげることにいたしたい。

迂回にはいくつかのやり方があるが、代表的なものをふたつ取りあげよう。ひとつは「置換」、いまひとつは「いけず」である。

まず「置換」からいってみよう。

置換というのは読んで字の如し、語を置き換えることである。己の脳内に映じた現実を文章にしようとする場合、目ェを開いて服を着て働いている人間ならば、まず最初に動作するのは外付け変換装置である。

そうするとどうなるかというと、意味を伝えるだけの実用的な文章ができあがる。だけど、それは多くの場合、安物の普及品であるため、なかなか伝わりにくいというか、うまくいって半分、多くは1／3から1／4くらいしか伝わらない。

かつまた、「テレビ番組を見て心の底から笑う」「自分と価値観・世界観を同じくする人としか交際しない」など、永年の過酷な使用によって、一部の回路が破損して、まともに動作しなくなっている場合が多い。そういう場合は新しいものを購入して取り付ける必要がある。

ただ、本体が古いため、コネクタの形状が合わず、アダプタがないと取り付けられない場合も多く、しかもそのアダプタがもう市場にない場合が殆どなので、そうした場合は本書を読み、内蔵変換装置の取付と拡充を行うのがよいでしょう。

って話が横に逸れたが、つまり、普通になにも考えずに始めれば外付け変換装置が動作する。これは義務教育を修了したすべての人に共通の現象である。

「置換」はこの外付け変換装置のスイッチを半開にすることから始まる。

そうすると外付け変換装置によるautomaticな変換が歇《や》み、脳内に埋め込まれた内蔵変換装置が動作し始め、「置換」が始まるのである。

というと半開てなんやねん、という話になる。これは完全にオフにするでなく完全にオンにするでなく、半分は動作させているという意味である。といって、焼き肉屋やお好み焼き屋で、「ちょう、火ぃ弱してや」「はいはい、あ、消えてもおた」と云う感じとはまた違っていて、じゃあどんな感じかを図示すると、

①現実↓外付け↓文章
②現実↓内蔵↓文章

がひとつの文章のなかにミックスされるということである。

つまり、完全な閉でなく、完全な開でなく、半開状態で動作し続けるということで、ある部分では外付け変換を用い、ある部分では内蔵変換を用いるのである。

なぜそうするかというと、すべてを内蔵変換して魅せるプロレス技として置換していくと、なにを言っているかわからない、ひとりよがりで気色の悪い文章になっていくからで、ことにそれが、格調高い系、に向かうと鼻持ちならぬ屑文章と成り果て、文章の読める人間の侮蔑の対象となり、笑われ、嘲られ狂死断系する可能性が高いので注意が肝要である。

また、置き換えるということはそのもとがあって初めてなり立つわけで、今、自分が書いた言葉がなにから置き換わったものか、また、なにに置き換え可能か、ということを瞬時に判断する必要があり、そのためにも外付け変換装置は完全には閉じず、半開にしておく必要がある。

また、いま瞬時と言ったが、これも重要なことで、なんとなれば文というものは常に生成流動しているものであり、その流れを押しとどめることはできず、置換に時間をかけていると、文の流れが淀み、気味悪い虫が湧いたり、水そのものが腐って、表面上に嫌な膜ができて、悪臭を放ち、読んだ者の気分が悪くなったり、下手するとおかしな妄念にとらわれ、おかしな意見を吹聴して回って周囲に嫌われ疎んぜられ、狂死断系する可能性もゼロではない。

そうならないためにも文章の流れをとめないように置換する必要があり、そのためには瞬時の判断というものが重要になってくるのである。

というと途轍もなく難しいように聞こえるが、実際はそんなことはない。自動車を運転する人はわかると思うが、運転に慣れた人は瞬時に多くの情報を得て、ほぼ無意識的に操舵し、加速板・制動板を踏み、方向指示器を操作している。

迂回における置換も同じようなもので、多くの書き慣れた人は、よほどのところでなければ、それと同じく無意識的に、どの回路に現実を通して変換させるか、というスイッチング操作、ミックス操作を行うているのである。

と書いて、説明に都合がよいので、というか説明しようとして、今、俺がわざと用いた置換を書きだしてみよう、なんて言わなくてもこれを読んでいる人は賢いからわかるであろう、そう「操舵」「加速板・制動板」「方向指示器」なんてわざわざ日本語というか漢字で書いているが、これらは外付け変換装置一回通しで書けば、「ハンドル（またはステアリング）操作」「アクセル・ブレーキ」「ウインカー」と書くところであろう。

俺は物書き渡世をしており、そしてえらそうにこんな文章を書いているが、実は迂回として持っている技はきわめて貧しい。他にいくらでも技があればそのやり方を公開しても痛痒を感じないのだが、他に幾つもないので、それについてここで述べるのはひとつしか手品を知らない手品師がその種を明かすようなもので、できればやりたくないのだけれども、やらないとわからないのでやると、今はたいがいの事柄がカタカナ語で表記されることが多い。

だから人に最短で意味が通じることを目的とする外付け変換装置は右に言うように、そのままカタカナ語で変換する。

その場合、カタカナ語は三種類に分けられる。ひとつは、既に日本語となったといってよいカタカナ語すなわち右に挙げた「ハンドル」「ブレーキ」「アクセル」など。ひとつは、それが日本語でなにを意味するか、よく知られないまま昨今、それを言うと頭が賢い感じになるカタカナ語すなわち「アジェンダ」「エビデンス」「ダイバーシティー」「アサイン」「ブレスト」「バッファ」といった語。今ひとつはその中間的なもので、日本語になりかけているがまだ日本語になりきっておらず、向後、時代の動向によって消滅する可能性の高い、「コスパ」「エモい」「コンプラ」「セクハラ」「リノベ」といった語群である。

このうち、置換して効果が高いのは、既に日本語となったカタカナ語とまだ日本語になりきっていないカタカナ語で、あまり効果がないのが、賢ぶったカタカナ語である。

その時の効果というは勿論、これまで申しあげてきたとおり、文章全体に与える迂回による効果のひとつなのだけれども、置換の効果に限定して言うと、それは、魔界入場の効果、である。

どういうことかというと、例えばテレビというものはこれはもうどこの家にでもあって、もはや完全な日本語と言ってよい。だから外付け一回通しで書けば、「壁際の台の上にテレビがあった」てなことになるだろう。そうすると別にテレビなんてものは珍しくもなんともないから、読む場合、そこにあるテレビは限りなく空気に近いものとなる。だけどこれをそもそもの言い方に戻して、「壁際の台の上にテレビジョンがあった」と書くとどうなるか。

言葉として意味の指し示す範囲は同じである。そしてそれはどこにでもある見慣れたものである。にもかかわらず読む者はそれに意識を向ける。だけどなにがあるわけでもなく、瞬間的に、「ああ、テレビか」と思って次に進む。しかし、このとき既に、其の人は、自分の現実から離脱してもうひとつの現実、すなわちそこに書かれてある現実に足を踏み込んでいる。

そのもうひとつの現実を仮に魔界と名付け、今、俺は魔界入場の効果、と書いたのである。

それはやはりプロレスに似ていて、プロレスが真剣勝負でなく、だいたいの筋書きがあることはいまや多くの人の知るところである。だけど人はそれに狂熱する。なぜならそのレスラーが感じている痛みが真実であるからである。

こう考えるとき、置換は認識の痛みである。血と肉に染みいった言葉を使わず、知的で痴的で快楽的な言葉を上滑らせていれば、その痛みを感じることなく、つまり格闘技ですらない無気力八百長相撲を取って、みんなが儲かるかも知れないが、おもしろくないうえに、伝達すべき最低限の事実も伝わらないという現象が起こる。

〽あー、だから今夜だけは、君を抱いていーたいー
こんな歌を聴いて十代の俺は「あほかっ」と思っていた。甘えるなっ、とも。

だけど君というのが認識ならばその通りだよ、と今、思った。その痛みがないトナー、客は笑わんのだ。って別に笑わす必要はない。でもな、伝わらん、こっちの痛みを感じてないと、言葉は客の心のなかで上滑っていきますのや。

あー、言うてもおた。客て言うてもおた。でもな、それは、儲け度外視の、もてなしの心でいうてますのやで。主として。

壁の色は白。床は茶色が無難です。としてそれをやったら楽だし得。運がよければ銭も儲かる。だけどな、おもしろくはないし、うまくならない。だから迂回する。置換する。

その理由とやり方はだいたい右に言ったようなことである。

という訳で、迂回その一・置換、について説明したので、次はその二・いけず、について説明する。

13「いけず」という迂回

人として誠実であると小説は二行で終わる

迂回のやり方その二、として、いけず、のやり方を説明するが、その前に置換をする場合の注意点をいくつか述べておこうかな。

それは置換をする場合の匙加減である。というのは例えば、「あ、なるほど置換をしたらよいのか。ほうしたらもう全文全行の全言葉を置換したらよいのでは」と置換をやりまくったらあかぬということで、どれを置換してどれを置換しないかということを瞬時直覚的に見きわめながら置換していかなければならない。

その際、置換しなくていいものを置換し、置換した方がよいものをそのまま放置していると、逆に、「クソダサい、おもんない、金なくて道で立ってパン食べてるみたいな書き手」と思われて、生涯、社会の最底辺で這いつくばって生きることになる。

くれぐれも注意が肝要である。

そしてまたもうひとつ注意がある。それが衒学的《げんがく》に見えたら効果がない、というのはつまり客が白けるということで、「俺はこんな誰も知らんような言い回しを知っとんねんど。どや、こわいやろ」みたいに自分では思ってるのかも知れないけれど、読んでいる側からしたらアホにしか見えない。

なんとなればその者が必死になって類語辞典を調べたり日本語入力ソフトの漢字変換機能に言われるままに置換したのがわかるからである。

なぜわかるかというと、その表現が板に付いていないというか、しっくりこないというか、その作者の内蔵変換装置を通っていないことが明確にわかる、つまり自分にとって使える語彙になっていないからである。

じゃあ、どうやったらそれが使える語彙になるかというと、それはもう基礎トレーニングというか、内蔵変換装置の能力を上げるしかなく、それをするためにどうしたらよいかというのは既に申しあげたところ、すなわちアホほど本を読む、これしかない。

昔、四百勝投手、カネやんこと金田正一がロッテの監督をしていた際、「野球選手は走らにゃあかん」ちゅので、練習では血ヘドを吐くまで走らせたという。そのあまりの過酷さに耐えかねた一人の選手が、「これ以上、走ったら死にます」と訴えたところ、「じゃあ死ね」と言うたそうな。でもそれをやったお蔭で夏場になっても疲れず、よい成績を上げることができた。

それと同じことが茲でも言える。すなわち、「文章書きは読まにゃあかん。血ヘド吐くまで読め」「これ以上、読んだら死にます」「じゃあ死ね」という訳である。

と言ったら反発を買うだろう。そんなものは昭和の観念だ、と批判する人もあるかも知れない。だけど大丈夫だ。なんらの問題もない。なぜなら死ぬほど走ったら或いは本当に死んでしまうかも知れないが、死ぬほど本を読んでも絶対に死なないからである。

そんなことで置換をする際には右のようなことに注意しなければあかぬ。

で次、いけずについて申しあげる。

いけず、というのは、別の言い方で言うと意地悪ということである。真っ直ぐいかず寄り道をするのが迂回だとすれば、そう、なかなか結論を言わず、偽終止を繰り返すということである。

こんな人、居ますよね。思わせぶりなことばかり言ってなかなか本心・本当のことを言わない。そうすることによって相手の心を自分に傾かせようとする人間の屑である。

「十五日に間に合いますか」

と問われて直ぐなる心の持ち主なれば、「間に合いまふ」と言うか「間に合いまへん」と言う。だけどいけずな人ならなんと言うであろうか。

「そうどすなー。もし田沼はんがチャーハン拵えてくれはったら、場合によっては間に合わんこともないこともないこともない可能性がゼロとは言えないということができるのかもしれまへんけど、それも吉田はん次第なんやろか」

みたいなことを言い、相手を驚愕させる。

なぜ相手が驚愕するかというと、自分はリビングのカーテンをオーダーしたのに、突然、チャーハンとか言われて、意味がまったく訣らないからである。そして田沼と吉田というのも聞いたことがない名前である。一體《いったい》それが自分のカーテンとなんの関係があるのか。だからその驚愕には驚きにくわえて惑ひもまた含まれている。

このような驚きと惑ひを意図的にこのカーテン屋は与へたのであり、これは商人としては屑中の屑であるが、文章を書くに際しては当たり前のことである。

間に合うなら間に合う。間に合わないなら間に合わない、とハッキリと言う。それが人としての誠実である。だけど、そういう風にすると大抵のミステリー小説は二行で終わってしまう。

女が死んでいた。

犯人はフナコシであった。以上。

的な。「水戸黄門」だったら五分、プロレスだったら三十秒で終わる。そうするとどうなるかというと客が怒る。「もっといけずをしてくれると思ったのに騙された。カネ返せ」と言って怒る。つまり客が期待し、望むのはいけずなのである。

だからいけずの旨い人が客を興奮させ、熱狂させ、或いは感動させることができる。

これが即ちいけずの本然である。ただし。

いま説明しようとしているのはそれではない。というのはこれは「筋のいけず」とも呼ぶべきものであり、すべてのエンタメがこれに拠って成り立つ、娯楽の技法である。これを習得し、これを磨いておいて損はないが、それは内蔵変換装置の働きではない。

では内蔵変換装置が関係するのはなんのいけずかというと、それは「文章のいけず」である。

それを説明するために右のカーテン屋をもう一度、引き合いに出すと、既に申しあげた通り、急にチャーハンが出てきたり、急に田沼や吉田が出てくるのは「筋のいけず」である。此処にさらに長岡忠治という人物が現れたり、ブルース・スプリングスティーンが来て陽気なカントリーを奏でたりするとさらにいいだろう。

だけどそれは「文章のいけず」ではない。じゃあ、なにが「文章のいけず」かと言うと、後半部の、「場合によっては間に合わんこともないこともないこともない可能性がゼロとは言えないということができるのかもしれまへんけど、それも吉田はん次第なんやろか」という遅延・遅滞が「文章のいけず」なのである。

と言うと、「なんだあ、そんなレベルの低いことなのね。がっかりしたわ」と言う女や男やトランスジェンダーが居るかもしれないが、そうではなく、これはわかりやすく説明したからこんなことになったのであって、実際はもっと複雑精妙、豊饒富貴なものである。例えば純文学と呼ばれる分野があるが、それらを秒殺が許される格闘技風に言えば例えば以下のように要約される。

女に持てたい・女とやりたい
他の奴が出世して腹立つ
人が死んで悲しい
社会に不正や不平等が多くて腹立つ
もっと俺をフィーチャーしろ

もちろんこれに限ったものではないが、その根底にある怒りや悲しみ、嘆きの本然は大《おお》凡《よ》斯《そ》う言ったところから生まれてきているようである。

だから、秒殺エンターテイメントが二行で終わるとすると秒殺純文学は一行で終わるのであり、ますますおもしろくない。

だから、迂回、「文章のいけず」をするのである。

ではなぜそれが「筋のいけず」でなく「文章のいけず」なのかというと、二行で言い切れることなら、その間を筋で迂回していって埋めることができるが、一行で終わる場合は、その間がないため、筋として埋めにくいからである。

「他の奴が出世して腹立つ」、ここから出発して、これを種子として文章がグングン伸びていく。その際、例えばそれが小説であれば、小説作法・小説技法などが意識せられ、また使用されることもあるが、それが伸びていく際の実際的な力は、いけず、として文章に作用しているのである。

今、俺の言ってることはわかりにくいな、ごめんな。だから例えば、女とやりたい、ということを言うなら、

私が肉慾的になればなるほど、女のからだが透明になるような気がした。それは女が肉体の喜びを知らないからだ。私は肉慾に亢奮し、あるときは逆上し、あるときは女を憎み、あるときはこよなく愛した。然し、狂いたつものは私のみで、応ずる答えがなく、私はただ虚しい影を抱いているその孤独さをむしろ愛した。

という文章、これは坂口安吾の「私は海をだきしめていたい」という小説の一節で、不感症ながら淫蕩で、貞節という観念が欠如した女との交情を描いた美しい文章であるが、

この根底にある種子こそが、文章を書かなければ一行で終わるものなのである。

つまりだから、その一行で終わるものをこのように徹底した自己の解体に導くもの、というより結果的に導いてしまったもの、それこそが実は「文章のいけず」の最大の目的であり、最大の効能なのである。

次に、このことについてさらに詳しく申しあげることに致します。大事なとこなんで。

14 文章の「いけず」

「物語」という不自然で精巧な模型に働きかけるノイズの役割

他の奴が出世して腹立つ。

文章のいけず、の場合、これを種子として文章が伸びていく、と申しあげた。そうするとこれは物事の始まりのように思われるが、筋のいけず、で考えるとこれは物事の終わり・結末である。

どういうことかというとこれは、

俺は賢い。他の奴はアホ。

腹立つ。

という二行の間に、にもかかわらずそいつが出世した、を補ったもので、つまり腹が立った時点ですべては終わっている。だから、筋及び筋のいけず、を拵えようとする場合、

無能なアホをどつき回した。

なぜならそいつがアホのくせに出世して腹が立ったから。


という工合に、腹が立った結果、やったことを捏造して冒頭に示し、その間に、そいつに菓子パンをもらう、だとか、好きな女とそいつに興味・関心を示す、といった様々の、いけず、を盛り込みつつ、その時々の感情が自然にそこにいくよう留意して、腹が立ったから、というそもそもの原因に話を持っていく。

と言って、これが不自然なのは明白である。

なんとなれば、今も言うように、結果と原因を入れ替えて、しかもその結果も捏造された結果で、実際の思考や感情の多くを捨て去った、模型、であるからである。

だが、右の如き粗雑な筋書きであれば、読む者は、「はっ、模型か。しょうむな」と思い、その作者を見棄て、作者は狂死断系する。

それゆえ作者は、模型でありながら、読者が、読むうちそれが模型であることを忘れ、身悶えしてしまうほどに真に迫ったものを拵えようとする。そのためするのがいけずなの

であり、つまりこれは不自然を自然なものに見せかける伎芸である。人はその伎芸に酔い、その超絶技巧に喝采を送る。

その際はしかし、文章のいけず、はこれを控えなければならない。

なぜならこれから述べる、文章のいけず、を用いると、筋のいけず、が、模型を本当らしく見せかけるために捨て去った、「そのときどき・瞬間の、実際の、思考や感情」がそこに現れ、苦労して作った完璧な模型が歪んだり、破損したりしてしまうからである。

という、不自然な人工物ながら自然にみえる模型、をぶち壊す、というのが、文章のいけず、なのである。


大甘のメロドラマを撮影していたとする。家賃が五十万円くらいしそうな素敵な部屋、道を歩いていたら人が振り返るような美男美女が、五十万円くらいしそうな革張りのソファーに並んで座り、一本五十万円くらいしそうな三鞭酒《シャンパン》が入ったグラスを片手に愛を囁いている。

「うん、いーね。じゃ、本番いってみようか。よーい、エークション」

と監督、張り切って言い、カチン、と鳴って、スタッフ、キャスト、全員の緊張が高まり切った、その瞬間、

「ちょっと待った」

と頓狂な声を上げ、それに続く、「カットぉ」という助監督の声とともに、張り詰めた空気が一気に萎《しぼ》む。

「ちょっと、何、アレ」

と監督の指さすところ、一脚五十万円くらいしそうなテーブルの上をみるなれば、五本で五十円くらいしそうなうまい棒が置いてある。

「なに考えとんねん。誰や、あれ置いたん」

「すんません」

「なんであんなもん置いたんじゃ」

「リアリティー持たせようと思って」

「メロドラマにそんなもん要らんのんじゃ、ぼけっ」

怒り狂った監督はうまい棒を置いた助監督の顔面にジャンピングニーを炸裂させ、助監督は幽冥の境に消失していった。

この時、この助監督がやったことが則ち、文章のいけず、であり、精巧な模型・物語を拵えようとしていた監督の意図をぶち壊す役割を彼は果たしたのである。

別の言い方をするとこれはノイズである。

レコーディングスタジオには完璧な防音が施されている。なんのためかというと、楽音以外の雑音を排除するためである。

「どれほどの名演奏をしたとしても、そこに、車が行き交う音、広告放送、近所のおばはんの絶叫などが入っていたら玉なしだよ」

と、どの音楽家も言う。たとえそれがノイズミュージックの演奏家であったとしても、である。

それほどに物語というものはピュアーな環境=設定に守られて在るのである。おほほ。

となると、じゃあそれでいいじゃん。なんで物語を物語のままにしておけないの？　なんで、文章のいけず、なんてそれこそいけずをして物語の邪魔をしようとするの？　という疑問が当然の如くに生まれてくる。

という問いに対する答が則ち、文章のいけずの効能、ということになる。

と言うと、「邪魔が効能というのはどういうことか。美しく精巧に拵えられた模型を愛で、物語に陶酔しているとき、横で鉄瓶の上に草履載せたり、意味なく牛乳を飲んで物真似や論説をしかけて来る奴になんの功徳があるのか」と疑問に思う方も多いと思うから、よござんす、答えましょう、それは、

人は物語に守られ救われるが同時に物語は人の自由を制限する。

からである。と言って直観的に、「なるほどっ」と判る人が居たら、それはすげぇことだよ。だからやはり説明が要る。

どういうことかというと、俺は厳密なことは判らんのやけれども、国民国家、というものに喩えてみると判りよいのかも知れない。

国民国家とはなにか。それはその国土に国民がいる国家のことである、と俺は思う。そこに王様と奴隷しか居《お》らなかったらそれは国民国家でない。じゃあなになのか。それは俺は知らん。ただの支配地域ということか。まあ、それはよいとして国民国家には国民が居る。

じゃあ国民ってなんなんだよ。その国に籍がある奴ってことかよ。と言うとまあそうなんだけど、それ以外にもう一つあって、それはそいつが、それとは別の次元則ち心のなかで、「俺はこの国の民だよ」と思っているということである。

だけどその思いは生まれつき身体に埋め込まれているものではなく、べらべらの赤子が次第に人間らしくなっていく過程で、国によって予め用意された物語が自然に脳に埋め込まれることによって成り立つ思いである。

その物語というのは則ち「国の初め」を物語る建国神話で、だけどそのときそれがなんか相対的だと説得力がないから「国の初め」＝「此の世の初め」ということになる。

と言うとなんか国家のスタート時点で文科省の人とかがその時代にもっともいけてる感

じの御用学者とか御用作家とかを集めて会議体を発足させ、ほんで作り上げた物語、みたいに聞こえる。

まあ国によってはそんな国も在るのかも知れないが、そうではなくて、それ以前から伝わっていた物語を適宜整備してこれを広めるという感じでやる場合が多いように思われる。そんな物語が根底にある。そして国籍もある。それで人は、「なんだかんだ文句もあるけど、俺はこの国の民だよ」ということになるのである。

と言うと、「俺、そんな物語、ぜんぜん知らん。こいつ嘘言《ゆ》うトンちゃうけ」と糾弾する若者がいるかも知れない。それはそうだろう。それどころか、俺の周りの同世代の奴なんかでも、「そんなん知らん」という奴が結構おると思う。

だけど、そんな人も実はこの物語に接続されている。どうやって接続されているかというと、それは、そうした基底にある物語、いわば大物語から揮発した、数《かず》多くの中物語が娯楽作品として書かれ、広く流布し、また、その中物語から揮発して、さらに多くの小物語が制作され、「大ヒット上映中、興行収入三十六億円!!」みたいなことになるからである。

だからその根底の物語を識《し》らなくとも、そうして作られた歌や小説やアニメや漫画やスポーツやなんやかやに触れることによって知らないうちに、大物語に繋がって、「まあなんやかんや言うて民よ」という無意識に近い意識が自然に埋め込まれていくのであり、そのことによって国民国家が成立するのである。

じゃあなんのためにそんな手続きを踏んでまで国家を形成しなければならないかというと、誰かが、「国民国家いいよね。やろうよ」と思ったからではなく、国民国家にしないと先に出来た国民国家にボコボコにされるからである。

というのはそれで既に民にとってはメリットである。なぜなら、それによって他国の奴隷になったり二級市民扱いされることから免れるからである。

つまりこれはひとつの喩えであるが、このように人は物語に接続され、物語を信じることによって身体的に守られ救われているのである。

その一方で、物語は人の自由を制限する、というのはどういうことか。

15 物語が持つ攻撃性への自覚

物語は筋を持ち、道徳と結びつき、人間の感情に縛りを掛ける

人は物語に守られ救われるが、同時に物語は人の自由を制限する。という話のうち、人は物語に守られる、例えば民は国家という物語につながって、そのことによって他の物語を持つ国家の攻撃から守られる、という話を右にした。

で、ほな、そんでええやんけ。てなものであるが、そうも言っとれん部分があるのがこないだうちから話している、文章のいけず、がなぜ必要なのか、に連関するところで、どういうことかというと、物語は人の自由を制限する、ということで、以下、それについて言う。

と、その前に、他の物語を持つ国民国家からの攻撃、ということについて一寸、話をしておきたい。なぜかというと、「そんな攻撃なんかおまへんやろ。仲良うしましょいな。イマジンゼアリズ脳ヘヴン」と言ったり、「国民国家はオワコン。これからは巨大テック

企業の時代」と言って、人の前に臑毛を出してくる人が居るからである。

それはそうなのかも知れないが、ただ現状、まだ国民国家がある状態であることには変わりないし、そうすると他の物語を持つ国民国家を攻撃するということは必ず、なんらかの形で起こるということである。

なぜそんなことになるかというと、それは国民国家が其れによって成る物語というものの性質に関係していて、物語には筋がある。筋というのはある程度の首尾一貫性を保っている必要がある。ところが隣の国の物語と自分の国の物語には齟齬《そご》がある。それをそのまま放置するのはどうにも気持ちが悪い。自分の、守られ、救われ、が損なわれるような気もする。今のうちに潰すしかない、ということになるのである。故、この場合、攻撃する主体は時の政府ではなく、ひとつの物語を信じる国民が心の奥底に抱く全体的な気分である。

なんてね、枝の話が長くなる。本題に戻ろう。

ということで人は物語によって救われ、守られている。そして右にも言ったように物語には一貫した筋がある。それは言い換えれば、一貫した基本のトーンとも言える。そしてそれは、これも右に言ったように、それにそぐわないものを排撃する。

そしてその基本のトーンというのは概ね道徳的である。多くの人が、「そりゃ、そうだよな」と思うに違いない、悪いことしたらあかん、みたいなことからなっている。そして、なにが善でなにが悪かを決定する者の正統性の証明から物語が開始される。

と言うと、「それのなにがあかんのか。道徳、よろしやおまへんかいな」とおっしゃる方があるかも知らん。だけどそれは違って、道徳的な正しさが実現した社会があったとしたら、それは、その道徳的な正しさを規定する人間以外の多くの人間にとって生き地獄であるに違いない。

なんとなれば人の心の中には道徳的な部分と非道徳的な部分が同時にあるからで、自分でするならまだしも、生存と引き換えに、そのどちらかをなくするよう他人に強制されるのはなによりも辛いからである。

人を差別したらあかん、という基本のトーンがあったとする。人間が拵えた社会が人を差別するような仕組みになっていたとしたら、人間はこれを改めることができる。だけど、神さんが拵えた人間そのもののなかに差別する心があったとしたら、人間はこれを改めることができない。もししようと思ったら大悟して人間以上の存在にならなければならない。だけど普通に仕事をしたり学校に通ったりしながら、そんなことはまずできない。

そういう意味で言うと自由と道徳はいつも対立する。

一方に、「あんな道義に悖《もと》ることを言ふ奴に発言させるな、穢らわしい」という道徳派の方がおらっしゃり、一方に、「いやさ、言ふのは、思ふのは自由だつしやないかいな」という方がおらっしゃる。

そして多くの場合、道徳は物語の形で人の頭の中に染みこんでいる。その物語は身体や財産を守るけれども、そして感情の一部と結びついて、安心を与えるけれども、一部の感情、すなわち自由奔放に暴れる感情には縛りを掛け、或いは罰してくる。

これが則ち、物語は人の自由を制限する、ということである。

だからと言って物語を完全になくするという訳にはいかない。


もっと俺をフィーチャーしろ。


これは一行で終わって因果のめぐりなく、予め物語を拒絶している主題である。そのことを筋もなにもなく、ずっと言い続けて、誰がそれを読みたいだろうか。そんなものは行きつけのスナックで酔うたおっさんが店のマダム相手に繰り述べる愚痴、或いは狂人の戯わ言となんら変わらず、誰も読みたくないに決まっている。

だから、それを防止するために、

行きつけのスナックにおっさんの死骸が転がっていた！

切害したのは、もっと俺をフィーチャーしろ、と思っていたレスラーであったあああっ！

として其の間を埋めていく。だけどそうして人工的に因果を拵え、滑らかな物語を作成すると、「人間とはっ（とはっとはっとはっとはっ）」とか、「愛憎のかなた（いやいっやいっやいっやいっやいっやいっ）」といった基本のトーン（括弧内はディレイした音）が頭蓋に響いて、安心はするが、これまであった多くの物語と同工異曲、書いても書かなくても同じ、読んでも読まなくても同じ、というきわめて手応えの感じられない事態と相成る。

また私たちが日々、生きている現実から遠く離れた物語は、責任のない子供や学生、なんら失うところのないだだけ者、或いは遊んでいてメシが食える金持ち、なら知らず、現実の中で骨身を削ってようやっと生きるものにとっては白々しい絵空事にしか思えないものになる。

そのとき私たちは現実から隔てられ、物語と現実の齟齬を生身で償わなければならない。それを防止して、物語の基本のトーンとはまた別の響きと感触を齎すもの、それが文章のいけずなのであり、文章のいけず、の効能とはそういったものなのである。

さてそして、文章のいけず、の効能はそのようなものなのであるが、では、どうやったら、文章のいけず、をすることができるのか、ということについて申しあげる。

それは一言で言うと、今から始める、ということである。

どういうことかと言うと、それは現実と文章の関係に関係する。

筋のいけず、をして拵えられた物語、それは前に言ったとおり、今、を自在に動かして拵えた精巧な人工物である。だから終わりに向かって進んで行くことができる。

それは私たちの現実とはよほど違っている。なぜというに私たちは常に結末を生きているからである。もちろん生きていれば先の時間はある。だけどそれは、終わってしまって改変できない過去の最先端としての今から始まっていて、それはどんな言葉でも正確に言い表すことはできない。

もし現実において、筋のいけず、で、いやさ、その手前のただの物語を拵える際のように、今を自在に動かせるならば俺はこんな文章を書いていない。

三か月後の今とか、明日の今とかに、自在に動いて、その後、今の今に立ち戻り、相場を張ったり舟券や車券を買うなどして巨富を手にし、湯河原で雀を見たり、婀娜《あだ》な年増と軍人将棋をするなどして安楽な老後を過ごす。

だけど現実はそうはいかない。気がついたときにはすべてが終わっていて、これからのことは終わったところから始まっている。

これってなにかに似てないか？

そう、秒殺の文学が、「もっと俺をフィーチャーしろ」と言って、それ以上、なにも言うことがない、発展することのない行き止まりの感覚と酷似しているのである。

そこから文章を綴り、書く尻から立ち上がる物語、それこそが現実の感触を文章に齎す、文章のいけず、である。

それは、私、の、今この瞬間の考え、である。そして、今この瞬間は、次の瞬間には、改変できない過去となって、今、を先へ先へと押し流していく。それをそのまま綴るのが、文章のいけず、である。

瞬間の考えが文章になったその瞬間、それが推進力となって次の言葉が生まれてくる。そこから操作できない、物語が生まれる。それを改変できないものとして許容して、というのはつまり、やったことは取り返しがつかず、性別国籍その他を選んで生まれることはできないのと同じように諦めて、または許容して、または嘉納して先へ進んでいく、その意志こそが、文章のいけず、なのである。

だから、文章のいけず、のやり方は、書き始めが結末と心得て、書くことによってそのとき生まれた観念と文章を混合して爆発させることである。

16 文章の「いけず」の種類

かさね、刻み、間引き、ばか丁寧、無人情／薄情、置換、時代錯誤、がちゃこ、国訛、半畳、ライブ、バラバラ

おもろい文章を書きたい。ただそれのみを念じて無我夢中で生き、気がついたら取り返しのつかぬ齢になっていた。ばかな一生であった。自分の事を言ふな。えらいすんません。自分の事を言わず、文章のいけず之やり方について語って参ることに致しましょう。と言ってでも自分之事を言ったのには理由がある。

どういうことかというと僕は最初、この話は身辺雑話を交えた気楽な読み物にしたかったのさ。ところがどうでい、身辺の話はなにも出てこないで、理窟の説明ばかりになっちまってる。

それではいかぬと思い、書き出しくらいは、と思い、書いたのだけれども、それもなんだか愚痴のようになっちまって、どうにもこうにもみっともなくてシャーネー。また説明

的になってしまうかも知らぬが疾《と》く文章のいけずのやり方の説明を致そう。

ということはそれがある程度、技、の説明になるのだけれども、それをする前にひとつ言っておかなければならないことがある。というのは文章の場合、技、というのは知っておってもあまり役に立たないということで、なぜかというと、その技を知識として知っているということと、それが内蔵変換装置に自ずと組み込まれているということは別のことということで、それは技を会得したいと思い、道場で誰かに相手になってもらい、稽古して習得するのと、実戦の流れの中で技をかけるのとはまた別の話というのと同じである。とは言うものの技というのは便利なもので、技を全然知らないで根底から自分で考えていたら時間ばかりかかってなかなか先へ進むことができないが、誰かに技を習ったらその無駄な時間を短縮することができるし、実際に使うことができなくても、もしかしたら経験を重ねるうちに使えるようになるかも知れないから知っておいて損はない。

つまりだから技というのは内蔵変換装置の高性能化が伴って初めて使えるものであり、それなしに習った技をすぐに使おうとすると、自分では使えてるつもりでも端から見てるとけっこう笑う感じだったり、下手をすると大怪我をする虞《おそれ》があるので注意が肝要である。

それからもう少し技について話をしておくと、技というものは最初からあったものではなく、誰かの工夫によってできてきたものである。だからそれが最初になされたとき、名

かさね、刻み、間引き、ばか丁寧、無人情／薄情、置換、時代錯誤、がちゃこ、国訛、半畳、ライブ、バラバラ

前はなかったはずで、それを見た人はただ単に、「ほー」と感心するのみであった。そしてそれが奇を衒《てら》っただけの無効な技であれば、そのまま忘れられ、有効であればその後も使用され、次第に改良されて定着・浸透していく。そしてそのうち誰言うともなく技に名前が付いて、恰《あたか》も力の流れのど真ン中に位置する最終目標のようになっていく。

だから技を絶対視しない方がよい。技を百も覚えたところで弱い奴は弱いし、技をひとつしか知らなくても強い奴は強い。その違いがどこにあるかというと、その技が自分のものになっているかどうかで、借り物の技をいくら覚えても、実戦では役に立たぬことが多いのである。

さあ、そしていま俺は実戦と言い、試合とは言わなかった。これは言い換えれば試合では役に立つということでもある。

あるルールに則って、そのルールの範囲内で優劣を競う、ということであれば或いは技は役に立つ。もちろんそんななかでも技以外の、その者の人間的価値、その者がなにを見てなにを考えて生きているかということが本当は大事なのだけれども、試合が、技の品評会、に堕す、なんて光景をよく見る。時折はそこに審査員という人がおらっしゃって、技の完成度のみを論じ、それに個人的好き嫌いをまぶして優劣を付けているようである。

そういう場合、華麗な技はきわめて有効である。だけど、人間の頭の中にルールはないから、それを言葉として頭の外に引張り出そうとするとき、そうした前提を拵えると、どうしても建て前の議論、綺麗事みたいなことになって物足りなく、おもしろくなく、モノによっては腹立たしいものになってしまう。

そういう意味で技術を学ぶ際は技術万能主義に陥らないように注意しややんとあかぬのである。

さらに注意点を挙げておくと、技はやはり多くの人によって磨かれ進歩していくこともあるが、同時に陳腐化もしていく。私が小学生の頃、プロレスと言えば日本プロレスか国際プロレスで、力道山はもうおらなかったが、豊登とか吉村道明とか大木金太郎、サンダー杉山といった選手がリングに上がり、血だるまになるなどしていた。角材で殴られ耳が取れかけてグラグラになったなどという報道もあった。そんなとき必殺技と言われていた技も、今では単なる繋ぎの技になっていたり、もはや使われなくなって忘れられた技も多くある。

小説の文章やなんかにも同じことが言える。というのは時代が変わって死語になったというのではなく、その時は作者が非常に気の利いた言い回しとして得意満面で書き、それを読む読者の方も、「ええわー」と悶えていても、二十年くらいするとその底の浅い作為が露呈して、「ださっ」「はずっ」となる文章表現のことである。

その一方で、百年近く経っているのに底光りするような表現もあり、一読、「くわあっ」と呻くこともある。と言うと、「ア成る程。一周まわつて格好良くなつたのですね」


かさね、刻み、間引き、ばか丁寧、無人情／薄情、置換、時代錯誤、がちゃこ、国訛、半畳、ライブ、バラバラなどと知ったような口をきく軽薄な木屑があるかも知れないが、もちろんそんなしょうむないことではない。

優れた変換装置を内蔵して、その技が技のための技ではなく、その内容の要請に従って現れて初めて、そのような百年経っても底光りするような表現が生まれるのである。

小説などを読んでいるとよく喩えが出てくる。これがビタッと決まると格好良く、また、読者に伝わりやすいからである。そんなものにも流行りがあって、流行りの感じを取り入れていい感じにしたつもりが逆に臭くなってしまっている場合が多い。

なんでそんなことになるかというと心の奥底からそう感じた喩えでなく、気の利いた喩え、という技の手本があって、それを真似ているからそうなる。そしてその手本すら暫《しばら》くすると流行遅れとなって人々の笑いものとなっていくので、喩え、を技として使う際は注意が肝要である。


という訳で技というのはやっているうちに自然に身につくもので、それに名前を付けて習得しても実際に使えるようになるには時間がかかるし、もっというと技というものは習うものではなく、実は自分で編み出すものである。だからこれから説明するような技は、確かに文章のいけずのやり方ではあるが、万人がそのまま使えるものではなく、また多くある技の内の一部である事を予め申しあげておく。さあ、そしてそのうえで、こんな技を

使えば文章のいけずになるというのを先ずはいくつか挙げてみよう。それは例えば、

かさね、刻み、間引き、ばか丁寧、無人情／薄情、置換、時代錯誤、がちゃこ、国訛、半畳、ライブ、バラバラ

といったようなものである。ひとつびとつについて御説明していこう。

①かさね

かさねとは則ち重ねて、言葉を重ねて記す技である。と言うと、「重ねて記すならそれはいけずではなくて親切ではないか。なぜならその方がわかりやすくなるから」と仰る方があらっしゃる。だけどそれは親切ではなくいけずである。なんとなれば単簡に、うどん、と記した場合、ひとりびとりが自分の知っているうどんを思い浮かべる。そのとき、それはシマダヤのうどんであるかも知れないし、スガキヤのうどんであるかも知れない。だけどそれは問われず、万人が漠然とうどんと考えているものを想像すればそれで済み、そのとき脳髄はFree&Easyである。温泉に浸かっているような気分で読書を楽しむことができる。

だけどこれを例えば修飾を重ねて、どうしようもない変態がツルムラサキを栽培する際に感じる疲労と愉悦を近所のファシストのおばはんと分かち合うときに滲み出るエキスで四年煮込んだような、などとすると読むものは、多くの物事・出来事を頭に思い浮かべなければならず、脳髄が疲弊してしまい、わりかしいけずである。

しかし長い目で見ればこちらの方が親切ということもできる。なんとなれば、脳髄を常時、Free&Easyにしているとわりかしアホになってしまうからで、そのように考えれば脳髄に対する負荷は読み手に親切であると言える。

だがしかし。已《すで》に申しあげた通り、別にそうした効能のためにいけずをする訳ではない。見られよ。右の修飾の重ねを。毫も心に響くものがない。なぜそうなるかというと、文章の、言葉の要請によって語を重ねているのではなく、ただ説明のためだけに重ねているに過ぎないからである。

重ねは修飾を重ねるのみでなく、同じ意味の別の言葉を重ねて記し、detuneする、意味を微妙にずらし、分厚い響きを得ようとすることもある。

17 文章のいけず――「刻み」「間引き」
奇怪で理不尽な個別的現実を立ち上げる技法

②刻み

刻み、というのは文章を細かく分割していくことである。といって。こういう風に。やる。という。訳。では。ない。こんなことをやってもただ読みにくいだけで、読みにくくするのは、いけず、ではない。なぜかというと、それだと単にヘタクソで読みにくいのとなんら変わらず、いけず、を主体的にやっていることにはならないからである。

じゃあ、どうするのかというと、ひとつの文章の始まりから終わりに掛けてその隙間を細かく分割する。例えば、吉岡はうどんを誂えた。という文章があったとする。文意は明白、吉岡という人間がうどんという食物を註文した、ということである。これに、刻み、を効かせるには、まず、吉岡は、うどんを誂えた。と二つに分ける。次に、その隙間を刻んで、吉岡は、店に入り、うどんを誂えた。と刻む。しかし実際というか、現実を参照すれば、さらに細かく刻むことができ、吉岡は、右の太腿をたっかく上げて、店に入り、うどんを誂えた。と刻むこともできる。その上で想像を逞しゅうすれば、吉岡は、店の敷居のところで股立ちをとり、そして右の太腿をたっかく上げて、店に入り、うどんを誂えた。とさらにさらに文章を細かく刻むことができる。そしてその都度、その文章が描くところの精度というか解像度というかそうしたものが高くなっていく。

と俺がこういうことを言うとすぐに、「そんなことをやってなにになるのだ。面倒くさいだけぢゃないか。エッチラオイオイオイ」と誤った批判と言うのかな、掛け声の使い方を間違った批判をしてくる、知恵がミジンコと同じくらいか、或いはそれ以下の木っ端が現れることが予測されるのだけれども、そうではなくて、これは別に能力のないプログレバンドのように複雑のための複雑、難解のための難解を目指しているものではなく、前に申しあげたとおり、書く尻から立ち上がる物語、というものがまさにこれを記した瞬間に生まれている。

卿等《けいら》はそれを見逃してはならない。というか卿等がそんなものを見逃すほどの迂闊であるはずはないだろうが、どういうことかを一応、言っておくとそう、それは、「右の太腿をたっかく上げて」という部分と「店の敷居のところで股立ちをとり」という部分で、股立ちをとる、というのは、袴の裾をたくし上げることなので、これにより吉岡が袴を穿いていたという事実がここに生じる。また、「右の太腿をたっかく上げて」という部分もそうで、別にうどん屋に入るのにそんなことをする必要はなく、普通に入って行けばよいのに、わざわざそうした奇矯の振る舞いに及ぶことから、この時の吉岡が尋常の精神状態でなかったか、そもそもそうしたことをする特異なpersonalityであることが知れるのである。

と言うと、「それって逆、ちゃん？」と言う疑問を抱く仁もあらっしゃるだろう。なんとなれば、そういうものは先に決まっていて、それを説明する為に文章というものがあるちゃん？　と思うのが世間であるからである。

もちろんそういう風に書く場合も少なからずある。だが、すでに説明したように、常に時間の最先端を生きて、文章に於いてはカーソルの位置にある私たちの生を真に活写するには、このように成らざるを得ない部分も間違いなく存するのである。

そうして、さらに言うと、より細かく刻みを続けていくこともできる。やり方としては、「店の敷居のところで股立ちをとり」と「右の太腿をたっかく上げて」という箇所をさらに刻んで、店の敷居のところで、牛乳を撒き散らして、股立ちをとり、予備の茸を鶴に与えてから、右の太腿をたっかく上げて、などとすることもできる。つまりだからこれを整理すると、吉岡はうどんを誂えた。

↓

吉岡は、店の敷居のところで股立ちをとり、そして右の太腿をたっかく上げて、店に入り、うどんを誂えた。

↓

吉岡は、店の敷居のところで、牛乳を撒き散らして、股立ちをとり、予備の茸を鶴に与えてから、右の太腿をたっかく上げて、店に入り、うどんを誂えた。

と刻むことができる。そして刻めば刻むほど、吉岡その人とその時の状況は奇怪なものになっていく。その時、それを現実から離れていく、と思う人と現実に接近していく、と考える人がいて、それはどちらも正しい。

現実というものを、大体こんなものだ、とおしなべてとらえれば、それを非現実的ということができる。だけど、現実を個別的にとらえれば現実はこのように奇怪で理不尽なものなのである。それを一言で言えば物事を一般的にとらえるか個別的にとらえるか、ということで、例えば、死、を一般的にとらえればそれは、ありふれた現象に過ぎないが、個別的にとらえれば、いくら考えても考え尽くせないほどの一大事である。

それゆえ人間は物事を個別的にとらえたり一般的にとらえたり、その都度、適宜切り替えてうまく此の世を渡っていくのであるが、文学的な事業を為す場合において、現実をどのようにとらえるべきかは言うまでもないでしょう。

何度も同じことを言って申し訳ないが、文章のいけず、はまさにそのため、つまり現実の生に、より肉薄するためだけに存する技法なのである。

また、これに①かさねを合わせて用いればさらに実は奇怪な個別的現実がカーソルの先端に現出する。


（例）美しい鼻毛を嫌というほどはみ出させた吉岡は、天童よしみのステッカーを隙間なく貼り付けた店の敷居のところで丹那牛乳を撒き散らして股立ちをとり、予備の茸（タモギタケ）を鶴に与えてから痩せ細った右の太腿をたっかく上げて、店に入り、うどんを誂えた。

③間引き
そのように重ねたり刻んだりするのとまったく逆の行き方、それが、間引き、である。

吉岡が鎌倉で舞う。風が吹く。それこそが男の嵐であった。

ここで間引かれていることは主に、なんで？　である。その、なんで？　があることが、ここがカーソルの最先端、創造の刹那であることを保証するのは、②刻み、と同様である。それを間引かず、例えば、

舞の名手である吉岡が、鶴岡八幡宮の神前に舞を奉納すれば、天がこれに感応して風が吹いた。それこそが例のうどん屋で出会った怪人・大森豚夫が語っていた、男の嵐、男の心のなかに吹き荒れる、切ない疼きとしての暴力の如くに烈しい、荒魂なのであった。

と書いてしまえば、その、なんで？　の大半が説明されて、そこが最先端の刹那でなくなる。もちろんそういう箇所もあっていけないわけではないが、そうすると言葉は単なる道具に堕し、言葉が言葉を生む三昧境《さんまいきよう》、という訳にはいかなくなるのである。

それに至るに、②刻み、を用いることもあるし、適宜、③間引き、を用いることもあるということである。

さあそして、しかしそれを技術として用いるのは前にも言ったようにけっこう難しい。そこで用いる際のヒントというか、こういう風なことを意識してやったらわりかし旨いこというくよ、ということを書いておきやんとあかぬなあ、とそろそろ思ってゐる。だから書

くのだけれども、前にも言ったとおり、俺はこの文章を気楽な読み物にしたかった。それが、けっこう面倒くさい説明が続いてしまっている。なんでこうなるのか、と言うと、それは偏《ひとえ》に俺がアホだからだが、そのあらわれとして、説明をしようとする気持ちが強すぎて、余裕がなくなっているという事があると思う。やはりこういう場合、余裕がないとこんな事になってしまう。

そしてそれはこうした、文章のいけず、をする場合もそうで、そう、余裕なしにクンクンになって技術だけを使おうとすると、俺がいま書いている文章のようにおもろくないものになってしまう。じゃあ余裕ってなに？　ってことだが、その際、俺が意識したらいいよ、と思うのは、笑い、である。と言うと、ふざければよいように聞こえるがそうではない。笑いには、自ら笑う場合と他を笑かす場合の二種類がある。文章においては、自ら笑う、ことが重要である。なぜなら、人を笑かそうとした場合、そこに不純なものが混ざり、純粋な笑いにならないからである。そうするとそれは、単にふざけているにすぎない、ということになり、結果的に他が読んでおもしろくないものに成り果てる。まずは自分がおもろいと思うこと。哄笑すること。その結果、力が抜けて余裕が生じ、技が有効に決まり、その結果、文章が人間存在に肉薄するのである。

18 文章のいけず――「ばか丁寧」「無人情／薄情」

常につきまとう「これをやっておもろいのか、おもろないのか」問題

④ばか丁寧

クリーニングに衣類を出す場合、ていねい仕上げ、なんてなのがあって、通常の仕上げよりも百圓がとこ高価《たか》い。なんてなことが実際にあるのかどうなのか無知な僕は知らない。だけどそういうことはあるんじゃないかな、と思っている。

それがどういうものかを推測すると、普通よりも丁寧に仕上げるため、汚れがよく落ちて、ふんわりと肌触り良く仕上がる、ということなのだろうと推測されるが、もしかするとそうではないのかも知れない。或いは逆に汚れはあまり落ちず、仕上がりもそれほどふんわりしないという場合もあるかも知れないのである。

なぜかと言うと衣類の場合、素材によっては、あまり汚れを落としたり、あまりふんわりさせない方がよいものもあるが、そうしたことを考慮せず、なにもかも等し並みに汚れを落とす、ふんわりさせることだけを目途としてガシガシ洗う、ということが普通のやり方だとすれば、丁寧なやり方はその逆ということになるからである。

同じことが文章を書く場合にも言える。

より詳しく書いた方がよいのだ、と思い込み、すべてを詳述したら焦点がぼやけてその文章はなにが言いたいのかわからない文章になる。それゆえ、文章のていねい仕上げをする場合も、なにが言いたいのかをよく考え、繊細な手つきで省略すべきは省略する。つまり。

うえにばかが付いたばか丁寧は、ていねい仕上げ、ではなく、その逆である。様子を見ながら手洗いするのではなく、等し並みに機械でゴシゴシ洗うのである。

柔道場に到着した吉岡は道着の帯を締めその中に注射器を隠した。

この一見、普通仕上げに見える文章が実はていねい仕上げなのである。これをいわずもがなの、ばか丁寧仕上げにするとどうなるか。ちょっとやってみると、吉岡は柔道場に到着した。なぜなら柔道場を目指して歩いてきたからである。撞球場を目指せば撞球場に着く。柔道場を目指せば柔道場に着く。当たり前の話だ。ましてこのあたりに撞球場はないのである。そして柔道場に着いた吉岡は中に入り、さらに更衣室に入って道着を着た。これもまた当たり前の話である、いわずもがなの説明であるが、もしこれがフラメンコ教室であれば吉岡はフリルが仰山付いたフラメンコの衣裳に着替えたのかも知れない。だが、馬鹿なことを言うもんじゃない！　ここは柔道場なのだ。柔道場とは柔道をする場所なのだ。フラメンコはなんの関係もない。フラメンコの衣裳で柔道場に入って来る奴がいたとしたらそいつは率直に言って馬鹿だと私は思う。吉岡はそんな馬鹿ではなかった。

といった文章になる。さあここでひとつの問題が生じる。私たちはその問題について常に考え続けなければならない。その問題とはなにか。それは、「そんなことをやってなにがおもろいのか」という問題である。それは端的に言えば、どんな効能があるのか、ということである。それについての大きな効能は既に申しあげた通り、すなわち瞬間の感覚、生の実感を文章に再現して、現在を次に進める意志を体現するという効能である。

だからここで言う効能とはまちっと小さい効果のようなもので、そしてそれはもう言ってしまえば、おもろさ、の如きもので、これをやっておもろいのか、おもろないのか、ということが常に問題になってくる。

　それに関しては既に申しあげた。そう、自分がおもろければそれでよい。人を笑わせようと思って、自分はおもしろくもなんともない、と思いながら書いた文章（実はこれは文章に限らない）を読み、思惑通りおもろいと思う人、は、けっこうな数いらっしゃるように思う。だけどそれは、まあはっきり言って索漠たる商取引であって恋愛ではない。

　だから理想は、自分が腹からおもろいと思ったものを人が読んでおもろいと思うことであり、そういう意味で人が読んでおもろいと思うかどうか、という小さな問いが右の大きな問いとは別に生じるのである。

　で、結論的に言うとそれはわからない。なぜならなにかに触れて人がどう思うのかは予測がつかないからである。ただ経験上、わかることはある。それは、おもろくない、と感じる人が多い、ということで、なぜなら、笑わせようという思惑に奉仕されることに慣れた人が多数を占めると思われるからである。

　だから、例えば貴公が右の文章を編集者に読んでもらったとしても、有能な編集者なら一読、「なぜなら〜馬鹿ではなかった」について、「いらねんじゃね？」と言う。間違いなく言う。そこで、「違うんですよ、これはね、町田康の推奨する秘技『ばか丁寧』なんです」と抗弁するのだが、「はあ？　町田康？　あんな屑野郎の真似しちゃ駄目です」と一蹴されて終わりである。

なのでそういう時々に、自分はどこをどうおもしろいと思うのかということを説明できるようにしておく必要がある。

で、どこがおもしろいか。それに仮に名前を付けるとしたら、「言うてるお前がおもろい」理論である。どういうことかと言うと、言っている内容はすべて当たり前のことで別におかしいことを言っているわけではない。ただし、それを言う時期・場面がおかしい。それはとりも直さず、そんなタイミングでそんなことを言うそいつがおかしい↓言うてるそいつがおもろい、という理論である。その証拠として注目して欲しいのは、終わりの方に現れる「私」という言葉である。そもそもが小説風の文章で「吉岡」という人物の説明をしていたところに唐突に現れる「私」。こいつこそが、「言うてるお前」である。こいつがすべてのおもろさの根本なのである。ならば、それが、その文章を書いている作者と反響せぬ訳がない。その反響・交響があるからこそ、自分が腹からおもろい、という現象が生じるのである。技としては割と簡単な「ばか丁寧」の背景にはこうしたこともあるのである。

⑤無人情／薄情

今は頓と見なくなったが幼少の砌《みぎり》はテレビジョンをよく見ていた。どんなものを見ていたかというと、「黄金バット」「月光仮面」「仮面ライダー」「人造人間キカイダー」「サイボーグ009」「マグマ大使」といったヒーローが出てくる奴を熱中して見ていた。

斯うした奴には必ず、庶民と悪人とヒーローが出てきて、悪人は庶民を虐げ、その悪人をヒーローが懲らして、見ている側は溜飲を下げる、という造りになっている。その際に大事になってくるのは、庶民が苦しむ様、悪人の悪さを克明に描き、それによって見る人の同情を誘うことで、それをやればやるほど、全体が盛り上がる。

そのために庶民役の俳優は、「ああっ、殴られた。痛いっ」と叫んだり、「ああ、家が潰れてしもうた。今晩、寝るところがない」とか「猿にお金を取られて胃薬が買えない」など愁嘆な科白《せりふ》を言わされ、苦悶の表情を浮かべ、涙を流してのたうち回るし、悪人は悪人で、そうした様を見てゲラゲラ笑ったり、侮蔑的な発言を繰り返すなどしてますます悪い。だけどそれにくわえて重要なのは、カメラワークや音響や照明やナレーションなどの働きで、苦悶の表情をクローズアップしたり、不気味な音楽を流したりするなどして、悪とそれによる被害を描く。ということはつまり、悪を憎み、庶民に同情的ということで、それは謂わば作品全体の輿論《よろん》とも言うべき、作品を貫く思想であり感情である。

それは文章を書く場合も同じで、例えば、

吉岡は五平を強《したた》か打った。「ぐえええっ」呻いた後、五平は涙を流して訴えた。「おらが、おらがなにしたって言うだあっ」吉岡はそんな五平を見て、「イヒヒッ、イヒイイイイッ」と笑い、「汝が女房に聞いてみいやあっ」と言うと、チュッパチャプスを吸い吸い、己の陰茎を揉んだ。

という文章は全体的に吉岡を悪として五平に同情的である。作者も人間である以上、そのような感情の傾きがあるのは自然であり、仮にヒーローが出てこずとも大抵はこのように感情が傾く。これを逆手にとって、そのような感情を極力排するのが、⑤無人情／薄情、である。ちょっとやってみると以下のようになる。

吉岡が五平を打った。五平が妙な声を洩らした。五平が、自分がこのように打たれるのは不当である、と泣訴した。吉岡が笑った。吉岡が、配偶者に問うてはどうか。と提案した。吉岡は飴菓子を食べ、自己の陰茎に触れた。

こういうふうにした場合、読者は普通であれば予め作者が処理・回収、下ごしらえしてくれる自己の感情を自ら引き受け、手ずから捌かなければならなくなり、なんとも言えない遣る瀬ない気持ちになる。そのようにすること、それが⑤無人情／薄情、のいけずなのである。

19 文章のいけず——「置換」「時代錯誤」「がちゃこ」

夏目漱石も多用した「時代錯誤」は地の文で使えると渋い

⑥置換（翻訳）

これは簡単な割に効き目が高い技である。どういう風にやるかと言うと、例えば、私たちは日常生活の中で自動車のことを車《くるま》と呼んでいる。これを地の文の中でどう書くかというのは、その書き手の文章意識が問われるところで、車と書いても自動車と書いても違和感が生じるのであるが、この違和感を敢えて呼び起こすように置き換えるのである。

その為には置き換えられる前の語が、なんの疑問もなく、みながそう呼んでいて、置き換えたら違和感が生じるのだけれども、よくよく考えたら前の呼び方も変だよね、と読む者をして思わしむるものである必要がある。というのがどういうのかと言うと、例えば先の車の例でいうと、普段は「ウインカー」と呼ぶものを「方向指示器」と呼ぶ。或いは、

「ヘッドライト」と呼ぶものを「前照灯」と書く。或いは、「操舵輪」「速度計」「制動機」「加速機」と書くのである。

というのは別に自動車関連に限った話ではなく、言葉全般に及ぶもので、また、外国語を日本語に置き換えればよい、という話でないのはわかると思うが、しかし、滑稽なくらいにカタカナ語で書く場合が多い昨今、カタカナ語を日本語に置き換えるのが、置換の狙いであるところの、読者の虚を衝く、という意味において効果的であるのもまた事実である。

また、もうひとつのやり方として、常套的な言い回しではあるが、それがためにもはやその原義を考えないまま皆が使っているため、改めて考えてみると怪態《けったい》、みたいな語を置き換えるのも効果的である。例えば、と言ってそれを今、挙げようと思ったが、すまない、咄嗟に思いつかないので、どういうものがあるか各自考えて頂きたい。と言うと、「教えろ、屑っ」と言う人が居るかも知れないが、なんでも聞けば教えてもらえると思うな、たまには自分の頭で考えろ、滓《かす》。と申しあげる。

或いはまた、あまりにも一般化したため、現代に生き残っているが、よく考えたらおかしい、みたいな語もある。例えば、「赤頭巾ちゃん」というのは今なお赤頭巾ちゃんであるが、しかし、今日日、若者はもちろん年寄りだって、「その頭巾、ええなあ」なんて言わない。それはしかし思わぬところ、すなわち虚であるから、これをフードと言い換えて虚を衝くことも可能なのである。
その他、言葉において虚は実は無数にあるので、各々、独自に言葉の虚を探し出し、これを置換して文章活性の実を挙げて欲しい。

⑦時代錯誤

この話の初めの方で言ったと思うが、文章を書くとき人はどうしても実際より賢いと思われたくなって、賢く見えるように工作・小細工する傾向にある。と言って工作・小細工自体が悪いと言っているのではない。と言うか、そんなことを言ったら、文章のいけずのやり方、なんて小細工極まる説明などできない。だから別に構わないのだけれども、それを見透かされると、逆にアホに、それもかなりアホに見えて恥ずいので注意が肝要だと言っているのである。

同じように、これは文章に限らず生活全般において言えることだが、人は実際より若く見られたいと思う傾向にある。そのせいか成熟を拒んで幼稚な年寄りが増え、若ぶって今時の風俗や風体に乗り遅れることを極度に恐れ、文章を書く場合でも若者の言葉遣いを模倣して無惨なことになっているのも散見せられ、これはこれでかなり恥ずかしいことである。そんなことで今の世の中に生きていると、自ら意識して成熟しようと思わない限り、なかなか人として成熟できない。

そんなことはどうでもいいんだよ。俺がしたいのは文章の話だ。だけどこの時代錯誤という技はそれを逆手にとって未熟で困難な社会を生きるための有益な文章術だ。

どういう風にするかというと、ま、例えば徳政ということね、徳政というのは徳政令と云って借金棒引き、という意味にとらえられるが、もっと言うと時間のリセットである。三十年間、間違ったことが行われていたので、これをリセットする。それが徳政である。

これを私的個人的にやってしまうのが「時代錯誤」で、一種の置換であるが、置換と違うのはその語を書いているとき、書く者の意識が、その語に於いて徳政・タイムスリップしてしまっているという点である。では、どのようにやるのか。例えば。

JR、という呼称がある。もはやみんななんの疑いもなくJRと言っているが、真っ当な日本語の感覚を持つ者からすれば、名分論的にも成り立たず、まあはっきり言って間違った呼称である。だから一人で個人的に時代を意識して錯誤する。そうするとどうなるか。四十年かそこら前にタイムスリップするなら、国鉄・国電と書く。俺が昭和五十六年頃に出した歌に、「貧乏そうな顔つきの国鉄の客」という文句がある。東京近辺に住まう者であれば、E電、と書くのも乙なものでございましょう。と、書いて、右の行にも時代錯誤の技法は使われている、というのは、例えば俺はいま昭和五十六年と和暦で書いた。なんでも西洋が偉い、なんでもglobalが偉い、渋い、恰好よい、というクソな価値観に染まった現代であれば1981年と西暦で書くのが一般的であろうが、それを敢えて和暦で書くのは「時代錯誤」の技法であると言える。

或いはまた俺は、歌の文句、と書いた。これも例えば音楽ライターなどであれば先ず使わない語で、曲の歌詞、と書くところであろうが、これも昔風に、歌の文句、と云う事によって私的徳政を行ったのである。

言葉は時代と共にうつろう。最新である事に汲汲としている者にとってこれは過酷な事実である。しかし、私的徳政を行い、「時代錯誤」の技法を用いる者にとっては、これは実に都合のよい事態である。

映画を「活動」と謂い、サッカーを「蹴球」と呼ぶ。コートを「外套」と書き、ズボンを「洋袴」と記す。たった一語で国家の百年・近代の歩みを全否定するかのごとき偉そうなポジションをゲットしたような錯覚に陥ることができる。

これをやる骨《こつ》は日頃から書に眼《まなこ》をさらしておく、それに尽きる。実はかの有名な夏目漱石なども、『吾輩は猫である』で、漢籍をやたらと引用して、この技法を用い、ギャグとしての効果を上げている。

俺はそうしたことは到底できないが、やれたら渋いと思う。それから右にちょっとだけ書いたが、これはあくまでも地の文のところで使って効果が上がる。これは他の技法、例えば、「国訛」などもそうなのだけれども、カギカッコの中、小説の登場人物の科白として使ったらなんら効果がない。なぜなら、そういう奴、として処理されてしまうからである。おもろいことだ。

⑧がちゃこ

俺は、がちゃこ、という大坂語があると思っていた。だけどそんな言葉はないようだ。じゃあ、この、がちゃこ、という言葉は俺の脳から湧いて出た言葉なのか。いやさ、そんな訳はない。俺は確かに誰かの口から此の語を聞いたことがあるのだが、それが誰だったか思い出せない。仕方ないので今から此の語が意味するところを一から説明することにする。

つまりこれは、本来、適合すべき明確な場所があるのにもかかわらず、それが真逆になっている、という意味である。

ひとりの人が玄関で履物を履こうとしていた。その人は慌てていたため、靴の左右を取り違えて履き、往来へ飛び出していた。それを見ていた人曰く、

「あー、がちゃこなってもうてるやん」

左右一対の部品の左右を間違えて取り付ける。二人の人が手袋を嵌めようとして、右に自分の手袋、左に相手の手袋をそれぞれ嵌める。こうした事態が、がちゃこ、である。

ではこれを文章のいけずとして意図的に行う場合はどうなるか。というと、平仄《ひょうそく》というか、まま、辻褄といった方がよいか、が合わないように態《わざ》とするということで、文章に破綻を作り出すということである。実際にやってみると、こんな感じである。

先日来、私が不正な資金を受け取ったという報道がなされておりますが、この際、明確に申しあげておきます。そうした事実は一切、ございます。

この場合、「そうした事実は一切、」までを右の手袋だとすると、その後に続く文章は、「ございません」という左の手袋であるべきところ、「ございます」という、他人の手袋を嵌めたと言えるのであり、これすなわち、がちゃこ、である。そして注意すべきは、「ございます」の一語が手袋であること。これがまるで関係のない靴下とか、スルメとか、であった場合は、「そうした事実は一切、寄り道です」とか、「そうした事実は一切、芸術です」といった超現実的な表現となってしまって、がちゃこ、にはならない。人は先をある程度予測しながら文章を読んでいる。予測と言えば聞こえがよいが、別の言い方をすれば、思い込み、であり、それは思いのほか強固である。それにより、がちゃこ、は効果を発揮するのである。

20 文章のいけずーー「国訛」「半畳」「ライブ」

独善を避けるために技法は常に「ミックススタイル」を意識する

毎日のように文章を書いていると、新しく気がつく事もあり、だけど俺はわりかしアホなので、即座に忘却してしまう。だから忘れないうちに茲に書いておこうと思うのだが、取りあえずは「文章のいけずのやり方」を書いて、それは次章に回すことに致します。

⑨国訛

国訛なんて言い方を今日日する奴はおらず大方はこれを方言と呼ぶ。それをわざわざ国訛と謂うのが⑦時代錯誤で或る事を皆さんは既に見破っておられるでありましょう。

自分らは学校で国語を習うが、その際、方言を使うと怒られる。なぜかと言うと国というのは国民がひとつにまとまっていて初めて成り立つが、そのまとまりの要にあるのが国語であるからである。自分らは汗水流して働いて儲けた銭の一部を税金として国や地方に納める。それは「みんな」のために遣われる。その時、自分らは、「みんな」とそれ以外を感覚的に区別している。その感覚に於いて、共通の言葉を話していることが、大きな部分を占めているのである。

実際の話、何を言っているのかわからない奴、は人に相手にされない。その時、大事になってくるのは、言っている内容、ではなく、その内容を理解できるかどうか、である。人は心が弱ると共感を求めがちであるが、弱い心の持ち主は、なにを言っているかわからないものに対して、それ以前に先ず反感を抱くのである。

そうならないため、つまり国民が反目し合って、「あんな奴らの為に税金を払いたくない」と言い出さないために国語はきわめて重要で、国は書く場合に於いては常用漢字、仮名遣いなどを定め、学校ではこれを教えよ、と通達する。話す場合も、「いみじき方言はあきませんよ」という空気感を醸成し、以前の仮名遣ひをしたり、国訛で話すなどする年寄りを小供が冷笑・嘲笑するような雰囲気が昭和三十七年出生の俺なんかが小学校に通ふ頃には濃厚にあつた。

そしてそれには更に現実的な必要性が生産の現場とか戦場とかにはあったのかも知れない。というのはそらそうだろう、ギリギリの状況で命の遣り取りをしているところで、意思疎通ができず、「車っ子の後ろさ回って砲撃すろ」「え？　なんだす？」「はえぐすろ」

「え？　なんだす？」みたいなことをしていたら一瞬で包囲殲滅《せんめつ》されてしまう。

そうしたことを防止するためにも国語はどうしても必要で、みんなが得手勝手な言葉を話したり書いたりすると面倒くさいからやめてくれ、という考えが一方にあることは理解できる。だけど。国語の根底をよく見ると、そこに方言が見えてくるなどすることもあるし、それよりなにより、現実を文章に変換する場合、予め入力せられた語彙が多ければ多いほどその変換装置の精度が上がるのであり、気持ちを多く表し易い国訛を使わぬ手はこれはない。

しかしこれは唯使えば良いというものではなく、使い方には注意すべき点がふたつある。ひとつは人間には自惚れというものがあり、自己愛というものがあって、それにより自分の国訛には格別の味わいがあると思いがちである点である。そしてまたそれとは真逆の、都に憧れ、これを珍重して、国元のものを蔑む癖もあり、このふたつを悪く混ぜて、失敗して不格好な都ぶり、居直ったように居丈高な鄙《ひな》ぶり、という醜態を晒すことがあるので、国訛を使う場合は、その動機を改めて省察してみる必要がある。

いまひとつは、これを使ったバヤイ、「アホだと思われる」「間違いだと思われる」「標準語に直せと言われる」ことがママあるが、これらを気にしないようにする、ということで、「はは、いけずもわからんのか。アホや」と内心で思って蔑視に耐え、また、「すんません。どうしてもやりたいんで、ここだけやらしてくだはい」と素直に頭を下げる、みたいなことも必要になってくるのである。

さらに注意点を付け加えると、国訛は地の文で使わないと意味がない。カギカッコの中、すなわち科白の部分で幾ら国訛を使ったところで、それは唯、その地方の人が出てきた、というだけで、「文章のいけず」と言うよりはむしろ読者に対してのサーギス、「文章の親切」に堕してしまうからである。

そしてさらにもうひとつ付け加えるならば、国訛をやる場合、それを目的として純粋性を追求せぬよう注意すべき、ということで、どういうことかと言うと、人間の場合、ひとつっ事を追求しているうちに、それに囚われ、頭の中がそれで一杯になってしまう、ということがよくある。恋愛に没入するあまり、恋愛の事以外はなにも考えられなくなる人があり、或いは趣味の世界、或いは思想・宗教、なんて、まるで心気症の人のように、その事ばかりを人に話し、広い世界に興味を示さない、みたいなことになるのである。

国訛をやる場合、これになりやすい。なんとなれば、そもそも人間には物を揃えたくなる性分があるところへさして、国訛をやる場合、どうしても自分の出身地の国言葉をやることになるから、右に言った自己愛と結びついて、純粋性を追求したくなりがちであるからである。そして、「よっしゃ、ほんだら、地の文も含めて全編、国言葉でいってこましたろかい」みたいなことになり、その事に血道を上げるあまり、肝心の、文章のおもろさや味わい・内容、といった部分がおろそかになって、読んで少しもおもしろくない、それどころか何を言っているのかまったくわからない独善的な文章に成り果てる。

　そんなことにならない為に大事なのは常にミックススタイルを意識するという事で、ずっと説明してきた技法はすべて混ぜて使うべきである。ひとつひとつの技法を会得したところで、それを基本の文章にうまくミックスできない場合、はっきり言って、ダサい、屑みたいな文章になる。そしてそのミックスを上手にするために必要になってくるのはやはり内蔵変換装置のミックス性能なのである。「結局、それかいっ」と言ふ勿れ。其れを高める以外の道は明確に申しあげて無いのである。

⑩半畳

　半畳とは何か。俺はそれを、その説明を三遊亭圓生「蛙茶番」という落語で知ったのだが、それを先ずうろ覚えで説明すると、
　昔の芝居には「舞台番」という役割の者がおり、時にこれを「半畳」と呼んだ。なぜなら其の者が、舞台の脇の半畳ほどの処に座っていたからである。彼はなにをする者か、と言うと、舞台を円滑に進行する目的で、客に対して、「もっと席を詰めろ」とか「喧嘩をするな」とか「婦《おんな》にテンゴするな」といった注意を与える役割の者であった。それは客か

らすると鬱陶しいものであったので、物事の途中で脇から茶々を入れる事を「半畳を入れる」と言うようになった。

という事になる。だけど俺はそれが正しいのかどうなのかがわからない。なぜなら俺はそれを調べもせずで、不正確な記憶に基づいて語っているからである。そこで正確を期すため取りあえず「半畳」という語を検索すると、

一、畳(たたみ)一畳の半分。また、その畳。二、江戸時代、芝居小屋などで観客が用いた一人用の小さな敷物。また、その賃貸を業とした「半畳売り」の略称。三、芝居で、見物人が役者に対して投げる非難やからかいの言葉。転じて、人の言動を茶化したりやじったりする言葉。「―を言う」(goo辞書)

とあり、さらに、「半畳を入れる」という語を検索すると、

半畳は、江戸時代の芝居小屋で敷く、畳半分ほどの莫蓙(ござ)のこと。現在の座席指定料のようなもので、昔の芝居小屋の客席は土間であったため、観客が入場料として半畳を買い、これを敷いて見物していた。役者の演技が気に入らないとヤジを飛

ばし、この半畳（茣蓙）を投げ入れたことから、「半畳を入れる」と言うようになった。（語源由来辞典）

という記述があった。これが完全に正しいのかどうなのかはわからないが、間違いなく言えるのは、俺が完全に間違っていた、という事である。なんでそんな事になったかと言うと俺がアホだからである。で、ちょっと脇道に逸れるが、今、俺は間違った考えを述べ、そしてそれが間違いである事を知る過程を其の儘《まま》に記した。つまり時間を操作しないで、自分に流れた時間を其の儘、実況中継した訳だが、普通は斯うしたことはしない。なぜならアホであることが露見するからである。それを敢えてするのもまた文章のいけずであり、マア俺の場合はアホを晒し、己に対するいけずになってしまったが、アホを晒すのが目的ではなく、音楽における実況録音盤、いくらでも誤りを修正できるスタジオ録音盤に比し、粗い部分はあれど、一発録りの迫力、臨場感のようなモノを其の儘、読者に伝えることを目的とするもので、これすなわち⑪ライブであると言える。しかし恁うなるともはやいけずなのかサーギスなのか訣らなくなってくるが、ありきたりのサーギス精神に溢れた共感乞食の文章に慣れた読者にとっては是もいけずであろうし、抑《そもそも》文章のいけずは上手な文章を書くための技巧であって、嫌がらせが目的ではないので、これでよいと言えばよいのである。

ということで話が脇道に逸れたが元に戻すと、半畳というはつまり、他の言動を茶化したり野次ったりする事ということで、これを文章でやるとどうなるか、ということについて次に述べる。

21 文章のいけず――続「半畳」「バラバラ」

『告白』冒頭で使った「ボケ」と「ツッコミ」をあわせもつ半畳の技法

⑩半畳の続き

他の言動を茶化したり野次ったりする事、である半畳を文章でやるとどうなるか。先話に続いてこの話をして参ることに致すことに致しましょう。致すが重なっとんじゃ、ド阿呆っ。

と言うと、「それって要するに漫才におけるツッコミとちゃいますの」と言う方が居られるかもしれない。然り。これを、ツッコミ、と云う事は一応、可能である。だけど、半畳とツッコミには明確に異なる部分もあって、まずそれから説明すると、漫才のツッコミは才蔵《さいぞう》（ボケ）が愚かなことを言うたりやったりして、それに対して太夫《たゆう》（ツッコミ）が常識的な立場から、批評的な短い言葉を投げかけることにより、人々の笑いを促す、という造りになっている。

然るに、半畳、は、必ずしも愚かな言動に対する批判であるとは限らない。右に挙げた例は、「致すことに致しましょう」という誤った言葉遣いをしているため、ツッコミとほぼ同じ事になってしまったが、半畳の場合、先行する文章が愚かな事を言っているとは限らず、逆に言うと半畳の方がボケである、という場合も少なくない、というか、その方が半畳の効果が上がるのである。


安政四年、河内国石川郡赤阪村字水分の百姓城戸平次の長男として出生した熊太郎は気弱で鈍くさい子供であったが長ずるにつれて手のつけられぬ乱暴者となり、明治二十年、三十歳を過ぎる頃には、飲酒、賭博、婦女に身を持ち崩す、完全な無頼者と成り果てていた。

父母の寵愛を一心に享けて育ちながらなんでそんなことになってしまったのか。

あかんではないか。


今、挙げた例は町田康というカス野郎が書いた『告白』という小説の冒頭の文章である。半畳の技法が用いられており、これを分析すると、「安政四年〜完全な無頼者と成り果てていた。」までが、「他の言動」であり、「父母の寵愛を〜あかんではないか。」までが、

「茶化し・野次」という事になる。

これを見るとわかるように、前半の文章がボケているという訳ではなく、通常の説明的な文章である。それに対して、後半の文章が、「あかんではないか」と批判的な意見を述べるのであるが、前半がボケていない以上、後半の文章をツッコミと言うことはできず、ではなにか、と言うと、半畳である、ということになるのである。

そう考えてみると、おかしなことに気がつく。どういうことかと言うと、ちょっと見、ツッコミに見え、その機能も時に有する半畳の方が逆にボケに見えてくるという點《てん》についてである。

なぜそうなるのか。

それはその文章に人格があり、その人格が統合されてあるという穏健な考えを半畳がぶち壊しているからである。

どういうことかというと、漫才は太夫と才藏、ボケとツッコミ、二人でするものである。然るに叙述の文章は常に一人である。なぜなら、そうしないと作者が信用されず、言葉も信用されなくなって文章がなり立たなくなるからである。ところが、ここでは前半の文章に対して恰も別人格であるかの如き文章が続く。それが「あかんではないか」という句である。そしてこの句には、あかん、という国訛が使われている。それにより文章の人格の統合が失われ、元来、一人で綴っている筈の文章のなかに、もう一人の人が現れる。それはどのように考えてもおかしいことで、「飲酒、賭博、婦女に身を持ち崩してはいかん」とまともな事を言ったとしても、読者の目には統合された文章の紊乱者《びんらんしゃ》則ち才藏として映る。その上、国訛と文語が交じった奇妙な言葉遣いをしているため余計にそう見えるのである。

これが半畳がツッコミの鋭敏とボケの愛嬌、ふたつながらを有する所以である。さてそんな半畳にはどんな効果があるのか、と言うと、それは文章に広がりと響きを与えるということで、たとえて言うなら、セロニアス・モンクの演奏のような、もしかして間違っているのではないか、と思ってしまう、だけど心地よい音の響きを拵える、みたいな事を目指す技法である。

とは言うものの半畳をやり過ぎるとうるさくなるので、まあ、ひとつの作品の中で一回か二回に留めておくべきであろう。

いろいろ精《くわ》しく書いたが、具体的なやり方としては客観的な叙述の末尾に突然、作者が短く主観を述べる、ということでよいでしょう。但し、

池の向こうに木蓮が咲いている。なめとんな。

みたいなことでは前半の文章が短すぎて半畳の効果が上がらない。今少し、長く前半を

書かないと半畳にはならないのである。

⑫バラバラ

バラバラとは不統一のことである。半畳のところでも少し申しあげたが、作者が一人である以上、その語句は概ね統一されているのが普通である。だけど物事には二面性があり、人間には表裏がある。あるところでは、まっさん、と呼ばれている人間が、別の場所では、町やん、と呼ばれ、また別の場所では、マチ君、と呼ばれている。或いは自分自身でも人と会話をする際、自らについて、会社では、私、という人称を用い、家庭では、俺、と言い、行きつけのスナックでは酔余、僕ちん、と言い、趣味の切腹サークルでは、おいどん、と名乗っている、なんてことがよくあるのである。

然るに文章に於いて、殊《こと》に小説の語り手などに於いては、その統一性・信頼性が失われてはならぬので、一度、ぼく、と書けば結末まで、ぼく、は、ぼく、と言い続けないと具合が悪い、という事になっている。或いは、物についても様々の呼称があり、それは、集団的に固定され、それをなんと呼ぶかによって、その集団の特性が表されるなんてこともあるほどであるが、バラバラは意図的にこれを分散させ、バラバラにすることにより、いけずをおこなう技法である。

具体的なやり方を言うと例えば、トイレ、というのは、ま、普通に言えばトイレであり、吉岡はトイレに入った。しかし驚くべきことにそのトイレの個室には扉がなかった。吉岡は呻いた。「なんてえトイレだ」

ということに一般的にはなる。然るにバラバラをやると、

吉岡は閑所に入った。しかし驚くべきことにその厠の個室には扉がなかった。吉岡は呻いた。「なんてえレストルームだ」

という事になってしまう。いったい何の為にそんなことをするのかというと、右の例で云えば、簡単に、トイレ、と言った場合、読むものはそれを特に意識することもなく、一般的なトイレ、として自動的に処理し、そこで立ち止まることなく文章が意味するところだけを読み取って、その文章における個別のトイレを思い浮かべることなく先へ進もうとするが、右のようにバラバラをやれば、「え？　え？　なになに？」となり、そのトイレがトイレではなく閑所と呼ぶにふさわしい外観を有し、個室は崖に張り出して崖下には川が流れており、吉岡が西洋かぶれの恥ずかしモンキーであることに思いを巡らすのである。

このように事物を自動的に処理させせないためにバラバラを用いる。それはずっと申しあげてきたとおり、文章のいけずである。だが、どのいけずも、その根底には、言葉を正確に現実に対応させせようとする人としての誠が存しているのである。

ということで、大変に長いことかかってしまって申し訳なかったが、文章のいけず、についていちいち例を挙げて説明してきた。無論、文章のいけずはこればかりではなく、またその分類は説明のため便宜的に為したものであるから、これを練習したからと言って文章が上手になるわけではない。ただ、いけず、とはこういうものであり、なぜそれが必要かということを説明したかったんだよ、俺は。俺の場合は。だから皆さんにおかれましては、これらを自分の文章に取り入れたりしながら、自分がやりやすい、やって気色のよいいけずを編み出して、上手な文章を書いていってほしい。

そして次には、そうしたいけずを用い、また、内蔵変換装置を用いて、いったいなにを書くのか、その内容、つまり書く内容についての話をしていこうと俺は思っているのである。

22 内容がある／内容がない

「だからなに?」となぜ問うか? 意義も目的もなくても内容はある

第三部　内容の問題

一章　形式と内容

これまで章立てしてなかったのに急に第三部とか言うな。そんな声が頭の中に響いている。いいぢゃないか。それくらい。肩肘張るなよ。肌が荒れるぜ。ストレスで。それよりももっと内容を重視してくれよ。っていうのはつまり、そうして体裁よりも内容を重視してくれ、という意味である。ぢゃあ、その内容というのはなんなのさ。と云う問題について述べては考え、考えては述べしてゆきたい。そして私は今から大声を出すが驚かないで欲しい。

〽はあああああああっ、会津ヘンタイ山は宝の山よ。

この一節に聞き覚えのある方はもう殆ど居られないだろう。この一節は京唄子鳳啓助通称唄子啓助が演じた漫才の一部分である。鳳啓助がこれを唐突に唄い、唄子が、「なんかしとんねん、変態はおのれじゃ」と突っ込むのであるが、例えばいま俺が書記した文章には一體全體如何なる内容が含まれて在るのであらうか。

その問いに対しては多くの人が、内容は無。と思ったことだろう。しかし、なぜそう思ったのだろうか。それは形式を備えていなかったからであろう。内容について考えると言っていたのに急に会津ヘンタイ山の唄を唱うというのは著しく形式が乱れている。こんな風に形式・様式を整えることができない人間の言うことに内容なんてありゃしねぇ。という判断が働いたのである。

喩えて言うなら、服装の乱れは心の乱れ。詐欺師丸出しの恰好をした者がいくら誠実に入会を勧めても警戒心が先に立って内容がちっとも頭に入ってこない、ということになる。

そう言うと、「もちろんその通りだ。そんな奴の言うことを信じる方がどうかしている」と言う人が多いのかも知れないが、しかし考えてみて欲しい。今は内容の話をしているのであって、形式の話をしているのではない。つまり。

〜襤褸《ぼろ》っは着ぃてってても、心の錦。どんな花より綺麗だぜ。

という事で、これは水前寺清子が歌った「いっぽんどっこの唄」という楽曲の一部であるが、その意味内容はと言うと、幾ら詐欺師みたいな見た目でも、もしかしたら内容は誠実かも知れないし、やっぱり詐欺なのかも知れない。というものである。そして。

という訳で、それが仮に詐欺であったとしても、詐欺という内容があるのであり、その内容は無ではない。それでも、というのは形式と内容は別、と思いながら俺らは時々、無内容、と思う事がある。ボロを着ていたら心もボロいのだろうと思ってしまう。なぜか。

理由はふたつある。一つ目は形式と内容がその言葉のように峻別されるという訳ではない、ということで、実際には、形式は内容に影響を及ぼし、それと同時に内容が形式を形式たらしめるのが普通であるからである。例えば。

八百字の随筆を書け。と言われたとする。そうするとどうなるか。まず随筆ってどんなだったたっけな。と考え、自分がこれまで読んだ随筆のようなものを頭に思い浮かべる。だけど大抵の場合、なにも思い浮かばない。思い浮かぶのは漠然としたイメージで、なにか和服を着た文豪的な人が庭のマンリョウや小鳥を見て、慨嘆のようなものを教養と資産がかなりありそうな文章で綴っている、或いは、正義感が強く、社会の為になることをしたい、此の世の中を良くしていきたい、と願う人が今の世の中の間違っているところを正義感が強いあまり歯に衣着せず、辛口で批評している、みたいなことが頭に思い浮かび、まずはそうした、教養溢れる文章、や、批評的な視点、にふさわしい形式を選び取る場合が多い。そしてこの場合の形式とは構造の事ではなくして、文章そのものの様式のことで、例えば、平たい意識で書けば、「先日、植木屋が来て枝を払い、草を刈っていった」と書けばよいところ、「頃日、庭師が参って庭木を剪定していった」と文豪ぶったりとか、「この間、植木屋さんが来てくださって庭の手入れをしてくださった。おいしゅうございました」などと意味なく遜《へりくだ》って上品な感じを出そうとする。

なんでこんな事になるかというと、右に言ったように、文章というものは内容と形式が癒着して、形式が内容を侵蝕し、内容が形式に影響を与えるので、右のように、内容がなにもないところから書き始めても、書いているうちに、だんだんそんな気になってきて、知らない間に内容を生み出すというか、内容のようなものを書いてしまう。だが、本来、書いて伝わる文章というのは、右に申しあげた通り、形式が内容に影響を及ぼし、内容が形式を形式たらしめるはずで、その関係は必ずしも五分と五分である必要はなく、七三でも九一でも、二八でも八二でもなんでもよいが、少なくとも十ゼロであってはならない。だけどこの場合は、最初から動機としての内容がゼロなので、そうしたものを読んだ際、俺らは無内容という印象を抱いてしまうのである。

俺らが本当はあるのかも知れない内容を無内容と感じる、もう一つの理由は、その意義の問題で、意義は意味と言ってもよいし、目的と言ってもよい。私らはじっきに、「それって意味あんのか」「目的はなんや」と問うてしまう癖があるのである。

では、意義、目的のない文章に内容はないのか、と言うとそんなことはなく、意義、目的のない文章にも内容はある。例えば歌がそうである。歌には節が文句がある。その文句は言わば文章である。

久方の光のどけき春の日にしづ心なく花の散るらむ

というのは日本人なれば誰でも知っている歌である。「光が長閑《のどか》な春の日に花は静心なく散るんだろうよ。なめとんな」という意味は一応、誰でも理解できる(「なめとんな」の部分に関しては必ずしも然《さ》に非ず)。だけどこれに対して、「ふん。ほんで?」「だからなに」と言われれば意義も意味も霧消して、この歌を詠み、人に見せた意味もなくなって無内容なものになってしまう。つまりだから俺が無内容と思ってしまう二つ目の理由は、それが現実に作用して人の心を含む現実が、その文章が提示される前と後で変わらない、ということでなく、それが現実に作用して人の心を含む現実が、その文章が提示される前と後でよいように変わらない、ということ、それをはっきり言ってしまえば、「それってなんの役に立つねん」、もっと言うと、「それって儲かんのか」、もっと言うと、「それって旨いんか」「それって気色ええんか」ということになるのである。つまりだから、右の俺の文章なんかはその典型だけれども、それが現実的に有用でないと無内容だと思われる。

だから小説や映画といった作り話を拵える際に於いても、鹿爪らしい手つき・面つきで現実に触れるというか、個人の身の上に起こった事を描きつつも、「現代の闇に迫る！」みたいな感じにしようとしがちだし、「それによって人々に問題を提起して、ひとりびとりがそれについて考えることを促す。それによって世の中を変えたい、少しでもよい方向に変えていく、そのきっかけとなったら、っていう思いがあったんですよ、うん」みたいなことを記事中で語る、なんてことをする方もおらっしゃるのである。

昔、「飢えて死ぬ子供の前で文学は有効か」と言うた人があるそうな。そうなると、「子供可哀想やんか。余裕かましてこんなしょうむない文章書いてる間ァあったら乳やりいな。飯くわしたりいな」と言いたくなり、そういう風に考えれば、文学なんてなものは意味も意義もない、無内容なもの、ということになる。まあ勿論、昔なら知らず、今現在、自分からネット世界を渉り歩いて探して回らない限り、自宅から一番近い駅・バス停などに行くまでの間に何十人何百人もの飢えた子供がゴロゴロ転がっているということはないだろうから、其処まで極端な話ではなく、やはり右に言ったような現実的な表現ということになるのでございましょうよ。

俺が若い時分に関係していたロック、とりわけパンクロックの歌詞やなんかはそんな風にして現実に影響を及ぼそうとする歌が仰山あって、「腐った奴らをぶちのめせ」とか「新しい世界が生まれる！」とか「立ち上がれ」とかそんなような事を歌った歌が多かった。つまり、立ち上がって、今の現実を駄目にしている腐敗した者を殴り、それを倒すことによって、新しい、すごくいい感じの現実にすることを歌は企図したのである。

これを見て意味がある、意義があると思う人は少ないと思うが、現実に触れようとしてこんな事になったのには違いがない。つまり彼の人たちは、「何かの役に立とう」と思って、そんな事を言っていたのである。

その根底にある考えは、表現したことは何かの役に立たなければならない、という考えで、そしてそれが根底にあるとき、「久方の光のどけき春の日にしづ心なく花の散るやんけ」と言う人に、「だからなに？」と問うてしまうのである。

つまり、無内容と思う場合その二、は、その文章が有用でなければならない、と人が思う時なのである。

23 形式と内容

好きに書けばよいが、それがいちばん難しく、「心の錦」が必要だ

俺らが形式に内容を見てしまうのは、立派な外見をしておれば内容も充実しているだろう、とつい思ってしまうからで、それは美しい女と醜いおっさんが争っていれば、美しい女が善で醜いおっさんが悪と、とりあえず思ってしまいがちなのと同じである。また俺らが、内容があるのにもかかわらず、それを見落としてしまうのは、内容は自分が信じる正義(と謂う名の思い込み)に必ず奉仕して社会に有用であるはず、と思ってしまっているからである。

ということを右に申しあげたことを卿等は記憶《きおく》してをられるだらうか。今からその続きを申しあげますね。というこの語り口の乱れ。これを見たら多くの人が、「こんな文章に統一性のない奴の言う事は無内容に決まっている」と言い、迫害したり差別したりする。それは、形式に内容を見ているからで、淀みなく語る人は知能が高く、訥々と語る人は知

能が低い、と思い込んでいるからである。

「同じようなことを何回も言うな」

「じゃかあっしゃ。淀みなく喋る美男美女のアナウンサーの言うことは全部ただしいと思てる暈《ぼ》けが。黙ってテレビ見とけ、滓」

と、この乱暴な言葉を地の文とせず、せめて鉤括弧に入れる事、それこそが、内容、であることに誰も気がつかない。それが私たちの民主主義社会なのである。それをよりよくしていく為に少しでも役に立ちたい。その為に尤《もっと》も有効なのはやはり、相互理解、そしてその為のツールとしての言葉、そしてその言葉と音が融合して生まれる歌と踊りではないだろうか。歌と踊り。その中から恋が生まれ、革命が生まれる。誰ひとり取り残さない社会、神の國、弥勒の世が地上に顕現する。その爲に、手を取り合つて、歌いませう。


〽ハアアアアアアア、会津変態山はァ、宝ァのー、やーまーよー。

と言う時、卿等はそこに内容を見出すだろうか。きっと見出さない、と俺なんかは思ふ。なぜなら、「自分が信じる正義に奉仕して社会に有用である（はず）」という思い込みは確かにあるが、それにふさわしい、もっともらしい正義の外見を纏わず、且つ又、突然、卑俗な民謡を更に卑猥に歌い替えるなどするばかりで、聞いた事もない専門的な用語を使う、

「俺は原書で読んでます」的なこれみよがしなカタカナ語を使うといった、いかにも賢げに見えるような言葉遣いをしておらないからである。

だが一寸の虫にも五分の魂があるように此処にも内容はある。それは、

○内容は自分が信じる正義（と謂う名の思い込み）に必ず奉仕して社会に有用である。

と思い込んだ人間が手を取り合って歌う姿とその唄を、その虚構が描く虚構の中に置くとき、どのように文章化されるかを文章で書くとこうなるよ、という内容で、その内容はまず伝わらない。だがその時に言う内容とは、形式に内容を見る時に見る内容と、意味としては変わらぬ内容で、そんなものは伝わらなくてもなんの問題もない。その意味を、意味だけを伝えたいのであれば別の方法でこれを記述すればよい。〳〵だのに。なぜ。歯を食いしばり。君は行くのか。そんなにしてまで。それは最初から言っている。上手でおもろい文章を書くためで、これはその為の discipline なのである。日本語で言へ。

それで内容についての話を始めたのだが、つまりどんな無内容に見えるものにも内容がある。それが無いように見えるのは、形式と正義に心を砕かれているからである。じゃあ結局どうすればいいのか、と言うと、別にどうしたってよい。好きにすればよい。好きに

すれば、その内容にふさわしい形式、形式に導かれた内容が自然と生まれてくる。

ただし気をつけなければならないのは右の理窟を知ったうえで好きにしなければならないという事で、それを知らずに始めると、やっているうちに形式に引っ張られて内容が空疎になったり、「なんかええこと」を書かなければならない、という思いに取り憑かれて心にもないことを書いて、だけど自分の心にないことがおもろくなる訳はなく、つまり心ある人にとってはムチャクチャしょうむない、書いても書かんでも同じ、不動産屋の広告のようなクズ言葉になってしまう。

しかし、それを理窟として知ったからといって、好きにできるわけではない。

つまり。好きにするというと、簡単なように聞こえるが、実はこれがもっとも難しい。好きにするためには形式からも正義からも免れて、それが向こうから訪うたときのみこれを受け入れる、という態度が不可欠なのである。

それをするために必要なのはなにか。と言うと、

〽襤褸っは着ぃてっても、心の錦。どんな花より綺麗だぜ。

という唄声が頭の中で、もう鳴って鳴って止まない。ということはどういうことか、というと、やはり、それがどんなものであれ、心の錦＝内容、というものがまずは必要にな

ってくる。

と言うのは、形式から導かれる内容のmotifは形式にありますよね。自分が信じる正義（と謂う名の思い込み）から導き出される内容のmotifは正しさに拠りますよね。それは、いずれも、好きなように書くための心の錦＝内容ではないということで、好きなように書くためには、形式や正義が発生する以前、すなわち書こうと思ったり、既に書き始める以前から、自分のなかにあるmotif則ち心の錦則ち内容が必要だということである。

「あのひとついいですか」

「まず、名前を言ってください」

「山尾といいます」

「山尾さんね、どうぞ。質問どうぞ」

「はい。さっきからね、肝心なところになると抽象的になって、よくわからないんですよ。もっと具体的に言ってもらえると助かるんですが」

そんな遣り取りは必ず生じるのかなあ。わかった。具体的に言おう。しかし、それは謂ってしまえばアホみたいなことで、そいつの普段の生き方の問題、ということに究極的にはなってくる。なってきてしまう。

つまりだから内容というのは日々、自分の心に生まれている。それは糸屑のような、欠片のようなもので、けっして堂々たる建築であったり、美しい絵画であったりする訳ではない。まずあるそれは萌芽のようなもの。でもそれが、それこそが実は内容の始まりなのである。だからそれを内実といってもよいのかもしれない。内実がまずあって、それから筆が動く。筆が動けば形式が生まれる。形式に滲み出て内実が内容に変わる。内容は形式を求め、形式がいよよ整ってくる。それは内容を膨張させる。膨張した内容は形式を蝕み、内容と形式が渾然一体となって、意味と音と形象が心に迫る文章が生まれるのである。

そうなるためには、その最初にある糸屑のような、ゴミカスのような内実を直視せんければならぬ。だけど、それを多くの場合、見逃し、スルーしてしまうので、内実がないまま、形式から、或いは、自己都合による正義に則って書き始め、運がよければその道のプロ、鬻文家《いくぶんか》になることができるが、殆どはそうなることもなしに、生涯、下手な文章を綴って白骨化していく。

まあ、だからといって困ることは特になく、それでもよいと言う人はそれでよい。家に帰って「LOTTEパイの実」を食べるなり、なになりしたらいいと僕は思う。だが、右に言ったような、内容と形式が渾然一体となって、意味と音と形象が心に迫る文章を書きたい、書いて人生をおもろくしたい、と言う人は、続きの話を聞けばよいのだと僕は思う。

さあ、扨、そして、その最初のゴミカスについてもう少し詳しく、説明しないとまた山尾が、「すみません一寸いいですか」

「なんでせう」

「なにを言つてゐるのか全然わからんです。もう少しわかりよく言つて貰へませんか」
など言って騒ぎ出すような気がするし、俺自身も言わないとわからないと思うので、説明をしたいと思う。それは、

○なぜ内実をスルーしてしまうのか。

ということについてである。それはもう端的に言って、俺らの内実がゴミカスであるからである。だけど、自分の内実がゴミカスであるという事実は辛いことである。だから本来、文が動き出す最初の僅かな力、もはや揺らぎと言ってもよいようなそれをスルーして、魂が動かないまま、言葉の意味だけを動かそうとしてしまうのである。

「えー、でも、説明の文章とか、教科書の文章とか、あるじゃないですか。ビジネスの文章とか。実用文っていうんですか？　ああいうのはどうなんですか。意味だけで十分なんじゃないですか」

とまた山尾が茶々を入れてくる。旧仮名はやめたのかよ？　茶々ってなんだよ？　そんなことを言いたくなる。いやさ、違うさ。そんな説明の文章のなかにもな、そいつが、そいつの文体感覚が、人間感覚が、世界感覚が、苛烈に浮かび上がってくるんだよ。そして俺らはそれを感知・感得してその全体を読み取っているんだよ。山尾よ、おまえは本物の

Amazonから来たメールと詐欺のAmazonのメールを弁別できるだろ。同じことだよ。だけどな、騙されることもあるだろ。その時、詐欺が巧妙なのではないんだよ。山尾、おまえの感知・感得力が弱体化しているんだよ。なんで弱体化するかわかるか。

「意味だけで十分だ。とか言ってクソ文章書いてるからに決まってるだろ」

だから形式と（偽のクソ）正義によって書かれたものを読んで感泣しているのであるのだ。そうならないために、ではどうすればよいのか。

24 文章を動かす初動の力

価値観を雑にスッキリさせると自らの内実＝「心の錦」を見逃す

形式から生み出される内容、偽の正義から生み出される内容は、心の錦＝文章を初めに動かす初動の力＝motifに非ず。心の錦とは、実は最初は糸クズ・ゴミカスのように風に揺らぐ頼りないもので、その揺らぎこそが、内実とも申すべき俺らの心の錦なんですわ。

ということを右に申しあげた。その上で、だけど俺らは気がつかぬうちにそれを看過してしまう。なぜかと言うと、内実がゴミカスであることが辛いからで、だから形式とクソ正義から出発した文章を読んで感泣し、自分もそんなクソ文章を書いて豚のように自足しつつも、個人の権利の拡張だけを目指して生き、いざ死ぬという段になって、「しまった。もうちょっと増しな生き方をすればよかった」と後悔の臍《ほぞ》を噛んだり、いやさ、それどころか見苦しく泣き騒ぎ、周囲の人に迷惑を掛けるのである。

だからそうならないためにどうしたらよいかということをこれより述べていくことにい

たしますのやが、そのために、その看過・スルーのmechanismをま少し精しく述べようかな、と俺なんかは思う。

つまりどういう感じで、或いはどういう手段を用いて、俺らはそのゴミカスのような内実を見逃しているのか、なかったことにしているのか、ということである。

そしてその一連の作業が行われる際に使われるのは俺らのなかにある、「デフォルトの善悪」と「雑な感慨ホルダ」である。

ひとつびとつについて説明する。

○デフォルトの善悪とはなにか。

当たり前の話であるが、現実において、また、人間の内奥において善悪は明確に弁別せられるものではなく、それらはマーブル模様のようになっている。例えば、ある場所で戦が起こったとして、ひとつの陣営が神の側に属する絶対善で、もうひとつの陣営が天魔の側に属する絶対悪ということはない。あるのは彼方に属するか此方に属するかのみである。そうすると、「そのために法律というものがあるんですよ。早急な法整備を求めますっ」と喚くなど、発作を起こす人があるが、人は上帝ではないし、かつまた人が人で有限の命を生き、自己保存の本能に従って生きる以上、人が人を正しく裁くことは原理的に不可能で、北条泰時が言うように法律には守備範囲というものがあり、法律が立ち入ることができない人間の領域というものは必ずある。

一人の人間の中に悪も善も備わっており、それがどのような形で噴出するかは、本人の意志や努力とはあまり関係がない。それを包摂して、あまりにも無意味に人が苦しんだり、死んだりしないように、なるべくしないようにするために社会や世間、道徳や法律というものがあるが、それは地域限定、期間限定の不完全なものである。

それを見て、自分を上帝・天帝に擬し、

「だーから。こうすればいいいんじゃん」

と言って方策を考えて世に訴える人がいる。しかし、それをする場合、その方策を実行しない人は、人の苦しみを放置する人＝悪、ということになって、現実との齟齬や摩擦を来し、そこにまた別の苦しみや哀しみが生まれてくる。

それを解消するために拵えられるのが物語であるが、物語は元来、雑音だらけである現実から、雑音を排除して、楽音を虚構する事で、その虚構とは楽音を善とし、雑音を悪とすることだから、現実とは随分かけ離れており、つまるところは一場の夢、麻薬的な現実逃避に過ぎない。

しかしだからといってそれらがなくなることはない。なぜなら必要に応じて生まれてきたもので、しかも期間限定、地域限定であるにしても、少なくとも法律や物語は一定の役割を果たし、人の苦しみが以前より減じている部分もあると思われるからである（ただし、あまりにも恣意的な善悪の弁別がなされるとき、考えられないような苦しみが屡屡《しばしば》あったのも間違いのないところである）。

そしてそれが物語であるにせよ、社会の掟であるにせよ、善悪を仮に設定しなければ成り立たないというところは共通している。また、それらは何度も言うように地域限定、期間限定で、よく、普遍的価値観、など言う人があるが嘘である。それを言うなら、生存本能、と言うべきであろう。「人を殺したらあかんど」と言うのは、「俺を殺すなよ」というのが根底にあって初めて成り立つ価値観であって、人間の脳から死の恐怖を除去する技術が普及したら、「人を殺したらあかんど」という価値観は共通のものでなくなることでせう。

俺はなんの話をしてるのか。そう、だから、社会の掟も物語も、時代によって変わるけれども、その根底には、仮に定められた善と悪、というものがありますよ、という事を俺は言っているのである。

と言っているとまた山尾が来た。

「ちょっといいですか」

「なんぞいや」

「仏教とかだと善も悪もないとか言ってませんかね。知らんけど」

「知らんことを言ふな。殺すぞ」

「そんなことできるんですか」

「できるわい」

「おもしろい。やれるものならやってごらんなさい」

「やったら。えい、ボコッ。えい、ボコッ」

「うーん」

と、呻いて山尾は絶命した。

これで俺は殺人者となった。しかし悪いのは山尾である。人が苦労して説明しているのに横から出てきて仏教の話とかして。知らんわいっ、そんなもん。

と、これまで散々、「元来、善悪は弁別できぬ」と説明してきた俺が、「俺は悪くない。悪いのは山尾だ」と咄嗟に言ってしまっているのはなぜか。

これが、「雑な感慨ホルダ」の素である。

どういう事かというと、法体系が精緻になればなるほど、教義が奥深く玄妙になればなるほど、子供や未熟な若者にはわからない、難解なものとなっていく。だけど右に言うようにその根底にあるのは善と悪という考え方で、事物の真相実相を究めるのも、美への奉仕も、根底が悪であれば否定せられるのである。だからその本質については、もの凄くわかりやすい、子供でもわかる形で伝えられ、俺らの心のなかに埋め込まれ、地域、期間に

縛られることなしに、あらゆる判断の基準となる。則ち、

悪いことをしたらあかんよ。

ということである。となると、それが禁止の形、すなわち戒律のような形にどうしてもなっていくのだけれども、そうなるとそれは現実に対応するためにどんどん複雑精緻になっていって素人が日々、手軽に使用できるものでなくなる。

そこでこれを禁止の形にしないで、感慨の形にする。則ち、

○○ってええなあ。
○○、あかんがな。

この二つに言い換えるのである。これは律法ではなく、そしてまた論説でもなく、ただの感慨である。しかし、ナンピトも突き崩すことができぬ固な感慨で、これ則ち、「雑な感慨ホルダ」の正躰である。

そして、多くの事柄をこの、「雑な感慨ホルダ」に入れて整理し、価値観をスッキリさせた上で、やおら「内容」に取り掛かる。これが、内実スルー、の mechanism である。

と言って納得する人は少ないかも知れない。なぜなら、この、幼少時、意味もわからぬまま大人を真似ぶことによって、且又、思春期の脳髄に染みこむような読書によって、或いは、強く憧れた人物の多大な影響（誤解・幻想）によって形成された「雑な感慨ホルダ」は心の、あまりにも奥底に埋め込まれているため、改めてその存在を意識し、確認・点検するのはきわめて困難であるからである。しかし。

仮令《たとえ》それが複雑巧緻な理論であったとしても、もっとも疑うべきところを、この「雑な感慨ホルダ」に雑に入れて物事を単純化したところから出発していることも少なくなく、それをやめないと内実から書き始めることはできない。

そのために、右の、「〇〇ってええなあ」「〇〇、あかんがな」の〇〇になにが入るのか、の具体例を挙げて、雑な感慨ホルダ、とはなにかをより明らかにしていく。

25 「雑な感慨」という悪癖

「ええなあ」と「あかんがな」を行ったりきたりしてるとどうでもいい文章になる

俺たちは日々いろんな事に出会って生きている。それを俺たちがすでに知っている物語に組み込まないと生きるのがしんどい。対人関係に於いては殊にそうだ。世間というところを渡って行くには、日々、生起して流動する様々の、目的も方向もハッキリしない、得手勝手テンデバラバラな出来事を瞬間的に世間の物語に組み込んでいく必要がある。

王法や仏法はそれに奉仕するが殆ど役に立たない。なぜなら普通の人間が使いこなすには難しすぎるからである。マアだからこそ納得がいくということもある。

人の世というのは基本的に利権の奪い合いである。権利、というとなにか人道的な感じがするが（實《じつ》はこれも此度述べようとしている雑な感慨ホルダの一つである）、それを利権と言い換えてもおかしなところはひとつもない。権利の主張は利権の主張であり、既に

そこに居て利権を持っている人を退かす事だから当然争いになり、そうなると正もへったくれもない。そこで、

「それやったら出るとこ出よや」

という事になり、普通の人にはわからない複雑で精緻な法によって決めてもらうことにより、世間が納得する。なぜなら、訳のわからん超越したパワーに人間は従いたい癖があるからである。

実はこれが雑な感慨ホルダの実体で、その過程が理解できない結果から導かれて醸成された感慨が雑な感慨ホルダの外皮なのである。そしてその時、それが結果から導き出されていることを主たる理由として、ホルダは二種類しかない。

一つは、「〇〇ってええなあ」というホルダ、すなわち善のホルダであり、今一つは「〇〇、あかんがな」、すなわち悪のホルダである。

人が現実の何かに触れた時、特に意識することなく、この雑な感慨ホルダに入れて心をスッキリさせ、それからやおら形式を選択し、或いは正義と思われる内容について思いを巡らせ始める。それ故、自分にとっても世の中にとっても書かなくとも特に支障のない文章が書かれ、時にはそれが消費されて対価を得ることもある。

それはマア別に問題がないというか、どうでもよい事なのだけれども、サア、ここで問題となってくるのは。

そう、こないだも申しあげたように、それがどれほど精緻な考えであっても出発点がそこにあれば、その根底が雑という事になるし、しかしそれが虚無・真空を孕む圧倒的なパワーであった昔に起源を持ち、それから積み上げられてきたものだから大丈夫、といったところで、それから導き出された結果と精緻なそれとの中間的な位置にあってふたつを繋ぐもの、すなわち娯楽作品などは、人間の精神や振る舞いにえげつなく影響を与え、それがまた、新たにクリエート、はは、クリエート、される道徳＝世間に参加するために知っておかなければならないルール・掟に影響するので、事態はマアマア深刻というか、人が生きるに於いて、欺瞞とは思えないし感じられない欺瞞が人を縛って、そのストレスにより、フケが出たり、食い過ぎで見た目が醜くなったり、心身を病んで若死にしたりするなど不幸を招いているようにも思える。

つまり、全ては実はここから、というのは、たった二つの雑な感慨ホルダに入れてスッキリすることから始まっている。ではその時、俺らの心のなかにある感慨って、どんな風にできあがってるのかを示してみることにいたしましょう。それは例えば、

①自然ってええなあ

みたいなことである。自然とはなにか。それは俺はわからんのやけれども、その、わか

らなみ、こそが雑な感慨の特徴で、例えば自然には、山とか海とか森とか川とか、みたいなものを指す場合と、「自ずと涙が出た。」なんて書くときの、人の意志が作用しない的な意味で用いる場合があり、その他にもあるかも知らんけれども、あったとしてもそれらが全部ごっちゃになって、結論として、「自然。いいよね」と独り言のように言いながら共感を求め、それが即座に承認されるのは、みんながわからないながら、雑な感慨、を「自然に」持ってしまっている為である。

だから自然はいいに決まっている。そして個々人はその時、主観的にそれを思う必要すらなく、「いいよね」と言った瞬間、主観から免れ、それが正しいのか間違っているのか、正しいとしたらどの部分が正しく、間違っているとしたらどの部分が間違っているのか、という問いを問うことから免れて、その問題の本質をホルダに入れた上で、共感の上澄みだけを味わうことができるのである。だけど問題は。

そう、その上澄みに味なく、孤独の渇きを癒やすことはできるかも知れないが、「うまいなあ」「生きててよかったなあ。なんでか言うたらこの味があるから」と思うことはできない。だけどやはり生きている以上、人間はそうしたものも味わいたく、そのためにもう一つの感慨を用意する。

〽それは何かと尋ねたら、ベンベン

〽アー、あかんがなホルダ、あかんがなホルダ、あかんがなホルダ、ベンベンという訳で、心のうちに「〇〇ってええなあ」を持った途端、自然と、ははは、自然と、「〇〇、あかんがな」ホルダが生成されるのである。そしてこの場合、なにホルダかというと、それは、

②人工、あかんがな

自然がええのであれば人工はあかんに決まっている。なぜなら、人工は素晴らしき自然を改変することであり、また素晴らしき自然を破壊することであるからである。

だからそんなものは全部ダメ。ノー。自然を壊すな。環境破壊を許すな、と喝叫するのはしんどいし、面倒くさいけれども、感慨ならいくらでも抱けるし、そのホルダに入れる時、マイルドな反抗を体感できて、それが生の実感に繋がって……、あまりいかない。だけど、「ええなあ」と言うて微笑んでるだけやったら、なんか主観から免れすぎていて、「薄らバカ」みたいな感じやが、「あかんがな」という対のホルダを用意しておくと多少は自分の意見を言うて抵抗している感じが生じるやんけざますと言う利権を確保できるのである。そしてそこから、日常生活に於いて、

「なんか風邪っぽいからパブロン服《の》んどこかな」

「そやけどあれちゃう、クスリてあんまり飲まん方がええんちゃう」

「ほんまやな。死の」

「死んでどないすんねん」

というまるで漫才台本のようにスムーズな世間話が此処に完成するのである。だけどその「世間」のメンバーに共通してあるのは、「人工、あかんがな」という雑な考えであり、これがあって初めて、気が利いた会話を交わしたり、寸鉄人を刺すような、「いい事」を言って多くの共感や賛同を集めることができるのである。

だけど、この「人工、あかんがな」はひとりで立つことができず、常に、「自然っていいよね」と一対、二人連れである。

この二つの雑な感慨はお互いにもたれ合ってバランスを保って立っているのであって、どちらも一人で立つことはできない。

それゆえ、なにかあって人の気持ちが変わったらすぐに揺れて崩れそうになるが、大丈夫。なぜなら、その時々の揺れに合わせて、〇〇の部分を自在自由に変えていくことによってバランスが保たれるからである。どういう事かというと例えば。

「自然ってええなあ」→「人工、あかんがな」の、「人工、あかんがな」の説得力が感情的に減衰して倒れそうになったら、「あかんがな」側に、「銭儲け、あかんがな」という簡単な感慨が別に誰が提唱するわけでもなく、自然発生的に、沼の底からメタンガスが湧いてくるが如くに湧いてくる。

こんなものは一種の「聯想《れんそう》ゲーム」のやうなもので、人工ということは、それを人が造るということで、そうすると素晴らしき自然（この時点で已に雑）を壊すことになり、あかんことであるのじゃが、ではなぜそんなことをするのか。

「人工の電車とかあったら便利だし、人工のうどんは生の草よりうまい。寺に参って仏像とか見たら心が安らぐが、大寺院の柱は大木を伐って拵えてあるし、名人が彫った仏像もその材料は自然の木。つまりそれは人工なのであかぬ。それだったら自然の森の中へ入っていって大木を見ながら佛を観想していた方がよい。そうしよう、そうしよう。おお、そうぢや。と言ってでも、森の奥には虫とかいっぱいいるやろうな。嫌やな。とりあえずムヒS持って行こかな。でもあれって人工やんなあ。天然ハッカ油とかにしといたほうがえのか。けど効かんやろ、あんなん。っていうか、抑バスかタクシー乗って電車も乗らな森、行けませんやん。まさか歩いていくわけにいかんし。やっぱ、人間、人工やで。人工が一番やで。自然なんかクソ食らえや。チクロ飲んで死の」

と言って結局、死ぬことになり、マア死なぬにしても、雑な感慨を抱けなくなり世間を省かれて失意と絶望の中で世の中を呪って細々と生きる、みたいなことになってしまう。だけど大丈夫なのは右に言ったように、自然と、はは、自然と（二回目）こんだ、

③銭儲け、あかんがな

という感慨が生成されるからで、そして次に、

④心っていいよね

という感慨が生まれ、このように、雑な感慨は、「いいよね」と「あかんがな」、則ち善と悪、正と邪を揺れながらゆっくり往復し、補強され揺るぎないものとして心の中に育ってゆくのである。おほほ。

26「雑な感慨」を克服する方法

「俺はしょうもない事に依拠してきた」と恥ずかしさ、腹立たしさを直視しよう

ええなあ、と、あかんがな、が互いに凭《もた》れ合い乍《なが》ら、ひとりで立つことがないまま補強し合うことによって、その外皮がどんどん強靱になっていく。だけどそもそもの根拠はきわめて雑、という雑な感慨が知らず知らずのうちに育ち、自分では精緻だと思っている考えの、その出発の地点で、まったくなにも考えずに事物・事象を雑な感慨ホルダに入れてしまっている、という事が、よくあるというか、殆どそうである、という事、そして、それが心の錦＝言葉を動かす最初の力を矯《た》めているという事について前に申しあげた。

多くの人はこれに反発するだろう。曰く、

「そんなことはない。俺は緻密な人間である」

そらそうなんかも知らん。そやが人間の奥底には、三歳とかそんな時に見たもの、聴いたものの影響がずっと残っていて、それが雑な感慨ホルダになるので、成長してからいく

ら学んでもその感慨ホルダがなくなるということはなく、本来、考えなければならないことを感慨ホルダに入れて考えなくてすむ状態で考えているので、その緻密な考えの根底の判断が雑なのである。

と言うと、

「太宰治は幼少時、女中に地獄の画《え》を見せられて恐ろしくて泣き出したさうだが、お前の言ふ、雑感フォルダ、とやらはそれだらう。だが俺は幼少時、そんな体験はなかつた。俺はなにも見なかつた。だから俺に、お前が言ふ雑感フォルダつてのはない。俺は幼少時は堺の大小路と謂ふ所に住んでゐた」

など言う人があるのかも知れない。だが、雑な感慨ホルダはなにも幼少時にのみ形成されるわけではなく、思春期に形成されることもある。例えば。

自分事を言って申し訳ないが、俺なんかの場合、割と最近まであったもののひとつとして、

「今の世の中もいよいよ保《も》たんよなあ」

という雑な感慨があって、ホルダの外皮を形成していた。これは別に幼少期に作られた感慨ではなく、十六とかそれくらいの時に、音楽雑誌に載っていた、今となってはもうその名前すら覚えていないが、その頃はええと思っていた英国のバンドの誰かが、「石油は今後二十年で枯渇するからもはや今の世の中は続かない」と語っていたのを読み、強い印

象を受け、だけど、石油が二十年で枯渇する、という与太話は次第に忘れて、「今の世の中は続かぬよなあ」という漠然とした感慨だけが、胸の内の雑な感慨ホルダの外皮にひっついて残り、心に錦が生じるのを邪魔し続けた。

俺は幸いにして頭がアホだったし、論理を組み立てるのが苦手だったから、真に向き合うべきを雑な感慨ホルダに入れたまま、それに基づいて理窟を組み立て、大声で言い触らして世の中に迷惑を及ぼすという事はなかったが、それにしたって、

「こんな世の中保たんよ」

という感慨を持ちつつ生きるのは、個人の人生にも甚だよろしくない結果を齎す。というのは、そらそうだ、なにか頑張りやんとあかない事に出くわした際、この雑な感慨を発動させ、

「世の中がいずれ破綻するのだからなんぼう頑張ったところで仕方ない」

と思い、努力を怠り、安易な方向へ流されて行きがちだからである。

俺は、なにか問題が生じる度、その問題を、その文言によって外皮が補強された雑な感慨ホルダにほり込み、楽をしてきた。

だがご承知の通り、それから四十年以上経った今、いろんなことがありながら世の中は保ってる。というか、考えてみれば千年も二千年も前から、人間は、「今の世の中は末の世だ」とか、「時が満ち、神の国が近づいた」など言ってきた。つまりずっと、「もう終わ

りだ」と言い続けてきたがちっとも終わらないのである。にもかかわらず多くの人がそれを信じてきたのは、それらの極論に対して当然生じるはずの疑いを雑な感慨ホルダにほり込んで、その都度、楽をしてきたからで、その結果、どうなったかと言うと、迫害されたり、貧乏になったり、流浪するなどしてきた。つまり結果的に個々人がその弊害を引き受けてきたわけである。例えば。

「今の世の中なんて保たんよ」という雑な感慨ホルダにいろんなものをほり込んで、世の中を悲観的に見る人に、

「年金制度なんて保たない。いずれ破綻するから月々の掛け金払ったら損するよ。よせよせ」

と言われた。ところがその人もまた、雑な感慨ホルダを心に持っていたためこれを深く考えないで信じ、払わないでいたところ無年金者になった。なんてことである。

心の錦は己と向き合うことによって生じるが、このように雑な感慨ホルダを使用すると、己に向き合わずに済むため、心の錦が生じない。にもかかわらず雑な感慨ホルダを使用してしまうのは、右に言うようにそれが習い性となってしまっているからである。そして亦、それ以上にあるのは、己の中には、直視したくないような醜怪なものやアホとしか思えないものも仰山あり、それと向き合うのは疲れるし、しんどいし、気分も悪いので、それら

を防止するため、なにか心に錦が生じそうな事態に出会った際は、それをautomaticに雑な感慨ホルダに入れて己に向き合わず、そのことについてなにも考えない、なにも感じないようにする、つまり己と向き合わないようにするのがデフォルトになっているからである。

それ故、俺らは時々、人と話している際、「どう考へてもかうだらう」とか、「普通に考へたらかうなるだらう」とか、もっと言うと、「常識で考へたら訣るだらう」など言うことがあるが、それは、相手にも自分にも共通の神話的雑な感慨ホルダの存在を前提にしているから普通とか常識とか言えるに過ぎないのであって、その時、俺らが捉えている己と己を取り巻く現実は、もっとも考えるべき重要な事柄を雑な感慨ホルダに押し込めて、なにも考えず、向き合うべき己を棚上げして客観を装っているに過ぎないのである。

それ故、文章を動かす根源の力である心の錦を生じさせようと思うなら、俺らはまずこの「○○ってええなあ」「○○、あかんがな」という形で俺らの心のなかに予め埋め込まれ、年月とともに強化されていった雑な感慨ホルダを心の奥底から放擲《ほうてき》、いやさ、放逐、いやさ、殲滅、いやさ、覆滅してしまう必要があるのである。だけど、そう、たかだか容れ物に対して覆滅などという大仰な言い回しをせんとあかんくらいに、この雑な感慨ホルダというのは俺らの心のなかに巣くってしまっていて、これをなくすのは簡単な事ではない。だけどそれをやらぬと心の錦は生じない。心の錦が生じないと、ええ文章を書くことができない。なので次に雑な感慨ホルダのなくし方について述べる。

○雑な感慨ホルダのなくし方

雑な感慨ホルダは普段意識しないところに在るので、手順を踏まないとこれをなくすことはできない。だが、そのなくし方は割と簡単で、以下にその手順を記すと、

①自分が事物・事象に触れて何かを感じたり考えたりしたら、「あ、俺は今、感じたな、考えたな」と思い、そこでいったん立ち止まる。
②自分が感じた事、考えた事は割としょうむないかも知れん、と疑う。
③自分がなぜそう感じたか、考えたか、その理由を探ってみる。

以上である。然うしてみると、その③については、

甲、俺がそう感じ考えたのは正しい根拠に拠る。
乙、俺がそう感じ考えたのは雑な感慨ホルダに拠る。

の二つに分かれる。そして甲と乙の割合は人によって異なるが、驚くべきことに多くの場合が乙である事がわかる。そうすると②の疑問が確信に変わる。そして雑な感慨ホルダが形成されるのは、これまで見てきたように自分が極度に未熟な時期なので、それを、然うして内奥から引きずり出し、白日の下で改めて見るにつけ、「俺はなんとしょうむない事に依拠して感じたり考えたりしてきたのか」と、あた恥ずかしくなり、そしてまた腹立たしくなる。然うすると自然と、こんなホルダはなくしてしまおう、と考えるようになる。然うすると自然と事物・事象に触れて、これが自動的に雑な感慨ホルダに入ろうとするのを、「ちょう待て」と言って自らの手に取り、改めてこれを眺めるようになる。

以上が、雑な感慨ホルダのなくし方であり、これはとりも直さず、いろんな物を雑な感慨ホルダに入れる事によって直視しないでいた自己に向き合う事、己を凝視する事である。しかし手順はこのように簡単だが、永年、それに頼って、その上に築き上げてきた自分があるので、今更それを捨てて、根底からやり直すのはけっこう辛度《しんど》いことで、①はまあ、出来たとしても②はプライドとかあってなかなか出来ないし、③に到るより早く、automatic に雑な感慨ホルダに物事は入っていくので、これもまた難しく、さらにそれが出来たとしても、乙であるのにもかかわらず、雑な感慨ホルダが骨に絡まる肉のように心身に食い込んでいるため、初めのうちは、「いやいや、俺は甲」と思ってしまう人が殆どである。

だがその困難を乗りこえないと心の錦（糸屑）は生まれないので、ここは一番、挫けずに練習してほしいところである。

27 心に生じた「糸クズ」の扱い方

内部の真実＝糸クズで人が狂わぬよう、神様は「忘却」という名の「ルンバ」をくれた

○内容について

さあ、という訳で、雑な感慨ホルダに物事を入れる悪癖は克服できた。そうするとどうなるか。一見、無内容に思われるが、それこそが文章を駆動するゴミカスのような内実・糸クズが心に生じる。

それは。日々を生きるうちに突き当たっている、私たちにとっての困難であり、それがゴミカスに思えるのは、そのような内側の困難を覆い隠すため、官能を刺激する様々の商品と、そしてそれとセットになった、立派なことや有意義なことや、或いは偉大な、或いは神聖な、或いは壮大な物語が外側に用意せられてあるからであるが、実はこれらが人間

の、もっというと生類の困難で、この困難があるからこそ、私たちの思いが頭のなかで蠢き、其の儘にしておくと気が狂って死ぬので、そこでやむを得ず、私たちは文章を書いてそれを外側に排出するのである。

そうするとそれが又候《またぞろ》神聖で壮大な物語となって糸クズの発生抑制則ち心の内実直視を妨げる、自家製の雑な感慨ホルダに育っていく可能性もあるが、その為には余程の胆力と想像力が必要で、そうなる可能性はきわめて低く、それほど心配する必要はない。

ということで糸クズが生まれれば自然的に文章が生まれてくるのだけれども、しかし必ずしもそうとは限らないのには理由があって、右に俺は気が狂うと書いた。ある意味、雑な感慨ホルダはそれを防止するためにあるような処も有るのだけれども、実は俺らの頭蓋の中にはそれとは別にもう一つの防止の為の装置が埋め込まれてある。それは何かというと、忘却、ということで、糸クズは常に発生するが、その本然が生類の困難であり、放置すると気が狂うので、それを防止するために、忘却、という仕組みが作動するのである。

つまり。

俺らの頭蓋のうちには常に苦しみの糸クズが発生している。だからそれを文章にしていかなければならないのだけれども、発生するたンびに忘却という名のルンバが作動してこれを吸い込んでしまうのである。

嫌なルンバ！

いやさ、別に嫌じゃない。そんな風に気を逸らすことができるから俺らは平穏に日を暮らすことができるのである。雑な感慨ホルダとルンバ、このふたつは人間にとって生類の困難から来るゴミ塗れの頭蓋を常に綺麗に保ってくれる、神様からの素晴らしい恩沢なのさ。

そしてそれは常に外側にある立派な物語とセットになっているよって内部の真実である困難をゴミカスとするから、その真実が失われる事を惜しいとも思わないで済む。

だが、文章を書くなら、このゴミカスこそがなによりも大事になってくる。なぜか、それを実例を挙げて説明しよう。

その前に、というか、その為に、俺がこないだ新宿に行った話をしよう。俺は昔は新宿にはけっこう用があって行っていた。だけど最近はぜんぜん新宿に行かなくなった。それは俺が半ば世を捨てた人間だからだし、もっと辛辣な言い方をすれば、世に捨てられてしまった人間だからであろう。

ところがこないだちょっとした用ができて新宿に行った訳だ。昔よく行った場所に久しぶりに行くと、なぜか吸い込まれたはずのゴミカスの記憶が蘇る。固《もと》よりそれはゴミカスだし、当時は、ゴミカスのような日々を呪っていた。その呪いによって人は自ら滅ぶ。それを防止するために吸い込まれていた訳だが、だが長い時を経て、ふとした拍子に蘇ったときには呪いも消え、ただ懐かしさだけがあって愛おしく、かけがえのない物に感じられる。

俺はそんな風に昔を懐かしみながら新宿駅の地下通路を歩いていたのだが、滄海桑田《そうかいそうでん》、時とともに景色は一変し、道行く人の風体も昔とはよほど違っている。

こはいかに。

懐かしさを感じながらも、方向感覚を失調、それに狼狽《うろた》えて行ったり来たりしていると、向こうから来た大きな男がスマホ画面を見ながらこちらに向かってずんずん歩いてくる。この儘ではぶつかると思うから、右か左に避けようとするのだけれども、そのどちらにも人が居り、確信に満ちて縦横に歩いて居るから、うまく避けることができず、俺は自分の事を、何十万という人が犇《ひし》めく新宿駅でもっとも愚鈍な人間と感じ、怒りと恥に身を震わせて、まったく身の置き所を失していた。

以上が実例で、つまりこの怒りと恥辱の感覚は間違いなく俺の生の困難そのものであった。だけどこれは他人から見たら、ただの阿呆で鈍くさいおっさんが道がわからんでまごまごして世の中に迷惑を垂れ流している姿に他ならない。

その事実が気配としてわかるが故に怒りと恥辱はいや増して人を狂気に導く。つまりこれが苦しみの糸クズであり、これから逃れんとして本来文章は発動するのである。

と言うと、「いや、俺はそんな新宿で道に迷うような阿呆ではない」と言う人があるが、そうでなく右に挙げたのは、例えば、の話であって、人間の困難というのはそれぞれの事情に即してそのようなものだ、と言っているのであり、生きていると、このような糸クズが常時、内部に生まれ続けている、と俺は言ってるんだよ。

それは人によっては、愛する人に愛されぬ、という事かも知らんし、鈍くさすぎて銭を失おてしまった、という事かも知らん、けどそれは一個の、大文字の、なんかに要約されることではなく、右のような細かい体験・経験のなかで実感せられる、その時々の感覚や、ちゅうことを言うてますのじゃ。

そして俺が言う内容というのはその感覚が言葉に変換せられたもので、したがってその内容はだから内部から発せられたものということができる。

では外部から発せられる内容とはどういうものか、と言うと、右の体験をしたる後、その感覚を自動的に雑な感慨ホルダに入れるか、その体験のみを記憶して感覚を忘却した場合が、それに当たる。

そうするとどうなるかというと、感覚はなくなって、怒りと悲しみだけが残存する。そしてその怒りと悲しみを和らげる効果がある考えを外部すなわち世間に求める。そうすると世間には精緻なものから粗雑なものまで、然うした物が幾らでも取りそろえてあるから、その中から自分に都合の良いものを適宜選んで、それに準拠して、文章を拵える。

これが外部から発せられる、というか、外部に準拠した内容で、じゃあ、その、怒りと悲しみを和らげる効果がある考えとはどういった物かと言うと、例えば、「人にぶつかったらあかん」「歩きスマホは危険である」「他者に対する想像力が大事」「自然は美しい」「地球に優しく」「持続可能な社会」「芸術をこよなく愛す」「日本の食文化」といったようなもので、と言うと多くの人が、「それってでも……」と思うだろうが、その通り、これはなくしたはずの雑な感慨ホルダの外皮とそっくりである。

なぜそうなるかというと、その外皮の組成が外部の単純な物語によって成るからである。そしてこれらは、よくよく人間の内部に照らし合わせて考えると暴論・珍論である場合も多いのだけれども、表面上はもっともらしい正論に聞こえて、口当たりもよいので、残存する怒りと悲しみを和らげるに使い勝手が良く、また、万人の共感も得よいので、実はこれを用いた文章というのは数でいうと、多いというか、世に出回る文章の殆どがそれで、小説やドラマといったフィクションにも、作品が要求する根底的世界観人間観にそれらが用いられていることが多い。

それらは時に人々の紅涙を絞り、大当たりを取ることもある。そして人々は直ちにそれを忘れ、翌年、下手をすると翌月には同工異曲の別の物に感泣するのである。

しかしそんなものは稀で、その多くは、誰もが反対しない、だからこそ誰の気持ちにもひっかからないクソおもしろくもないクソ文章として、右から左に泡沫の如くに消えていく。

嘘だと思し召したら、ネット上やら新聞やら雑誌やらに転がっている随筆《essay》なるものを読んでみるがよい。

過日新宿駅地下を歩いてゐると向こうから大男がスマホを見ながら歩いてきて避ける間もなく私は肋骨を折り半年入院した、人にぶつかるのはあかぬ事だ、歩きながらスマートホンを見る人が増えたのは他者に対する想像力を社会全体が失つたといふ事なのかもしれない、美しい自然を壊して金儲けに走つたから日本はこんなことになつたのだらうか、そんなことを洞察できる私は道徳的倫理的に優れた人間であることだけはほぼ間違ひのない事実であらう、自宅の庭ではクツワムシが鳴いてゐた。

なにかを見たり聞いたりしておもしろいと感じるかおもしろくないと感じるかは、うどんが好きか蕎麦が好きか、みたいなもので、人それぞれ、固より正解はないが、マアマア、人が十人おったら九人までは、右の随筆を読んで、クソつまらんと思ふであらう。

そういう観点から随筆（文章）を読むと、おもろい随筆（文章）というのは、その内容が、概ね、右のクソつまらん随筆のように外部から発せられたものでなく、内部から発せられたものであることが、どんなアホでもわかる。

よく、内容がある／ない、なんていうがその本然はこれである。

文章の内容のある／ない、は内部の困難すなわち糸クズが蠢いた結果、生じたもの、であるか、外部から借りてきた雑な感慨ホルダの外皮と同じ物語であるか、によって決まるのである。

ただし、糸クズから始まって、雑な考えに至ることも時折ある。そうなるとどうなるか。同じく書いても書かなくても同じクソ文章が生まれることもあるし、よい文章になることもある。なんでそんなことになるのかを次に申しあげる。

28 「糸クズ」の蠢き を捉え・写し取る技術

書くことで外に出た「糸クズ」は自己と他人を救済する

文章の内容のある／ない、は内部の困難すなわち糸クズが蠢いた結果、生じたもの、であるか、外部から借りてきた雑な感慨ホルダの外皮と同じ組成の物語であるか、によって決まる、ただし、糸クズから始まって、雑な考えに至り、書いても書かなくても同じクソ文章が生まれることがある。

なんでそんなことになるのかと言うと、内部の困難の蠢きを捉まえるカメラとそれを幕に映し出す映写機の性能が悪いからである。

このカメラ弁《なら》びに映写機というのが何の喩えかと言うと、それは文章である。内部にいくら困難があって、それが蠢いたことを実感、それをマジマジと見つめたところで、その視力が悪ければ話にならない。そしてその記録カメラが昔のもので解像度が低ければ、像がぼやけてなにが映っているのか判然とせぬだろう。ということをさらに具体的に言うと、それは創作に於ける、着想、ということになる。

カメラの性能が良ければ、その困難をより精しく読み取ることができる。「あ、ここに穴あるやんけ」とか、「あ、ここところ色ちゃうやんけ」とか、「あ、死んだ」とか。そうすると、それを書こうという気になる。則ち着想である。

何度も同じことを言って申し訳ないが、この性能が悪い場合、外部の物語や思想に頼って、出来合いの着想、ちゅうのも妙な話であるが、着想もどきを得て、そこから書き始めるのでしょうむない、自にとって、そして他にとって、書いても書かなくても同じ文章が生まれてくるのである。

ではそのカメラの精度を上げるためにはどうしたらよいのか。それは生まれつきの才能なのか、と言うと、率直に申しあげて、否、であり、それは訓練というか、そんな大層なもんやおへんな、生活習慣を変えることによって容易にその精度を上げることができる。

それは前に申しあげた、雑な感慨ホルダのなくし方、とほぼ同じであって、内部の困難を写すカメラのレンズに装着せられてある、本来あるべき、正義の、或いは、感動の、或いは自己憐憫の物語、というフィルターを外せばよいのである。

これを逆から言うと、雑な感慨ホルダをなくし、外部の物語に依拠することをやめても猶、カメラにそれらのフィルターが付いている、ということで、かくも、我々の精神がそれらに塗れているかの証左であるが、しかしそれをなくさないと、書いて意味ある文章は書けぬのである。

扨、そして少しばかり余談になるがここで別の話をしたい。

というのは、「じゃあ、貴様、書いて意味のある文章と言うが、それはなんなんや。上手な文章を書く方法ちゅて、始まったんとちゃんげ。後、気楽なエッセー、ちゅてたけど、ややこし話ばっかしで、全然、気楽ちゃうやんけ。なめとんのんか」と思う人があるかと思うたからだ。

そう、上手な文章、と確かに言うた。だが、この項目の区切りとして示した「文章と内容」ということで、この後、説明しようと思っているのだけれども、ただ単に上手な、上手なだけ、の文章っていうのは実はなくて、それは実は、いつでも内容を伴っているんだよ。それと、書いて意味のある、意味ってなんだ、って話だが、それはな、俺はな、救済だ、と思うんだよ。人間というのは救われない。糸クズのような困難がずっと身体のなかにある。それは理想的な政治が行われ理想的な世の中だったと言われる堯舜《ぎょうしゅん》の時代にだって延喜天暦の治にだって人の中にあったものである。

それから救われるにはどうするか。それはな、それを自分の外に出すしかない。そして、その為の方法としては歌唱、舞踊、文章がある。しかし糸クズにもいろいろ種類があって、歌で出しやすい糸クズもあるし、舞踊で出しよい糸クズもある。そんな中、文章と謂うは、割方とオールマイティーというか、工夫次第でどんな糸クズにでも対応でき、これを書くことによって自己を救済することができるのである。

しかしそれだけではなくて、この自己救済には自分だけではなく、他人を救済する作用もあって、読んだ人が、「よー言うてくれた。出しにくいもんをよー出してくれた。自分でも、それが確実に腹の中にあることは確認できていて、出したい、出したい、と思うていたのだが、それを出すには腹を割らんとあかず、その痛みを怕《おそ》れてよう出さんでおりました。それを今生で見ることができました。救われました」となり、その事によって自己が二重に救われる、則ち、糸クズのような困難、それは元来、自分の外に出ることができず、既存既成の麻痺剤を打って誤魔化すしかないのだが、それをせず、それを直視してそれより出発して書かれた文章を外に出すことにより、自分の内臓を見ることができないように、見ることができなかった自分の魂が、此の世にあるその様を見て救われ、それにより他が救われるところを見て、また救われる、または報われる、ということである。

それが則ち書いて意味のある文章ということで、「この餓鬼、急になにを大層な御託ぬかしてけつかんねん」と思し召すなれば、救われる、というところを、気が楽になる、に読み替えると好いでしょう。

つまり、上手な文章とは右記のようなことができているか否か、ということで、それ則ち、内容があるか／ないか、ということであり、ただ単に小巧い文章のことを指しているのではないのですよ。そして明確に申しあげるが、俺もそれを目指しているのであって、できている立場からでけてへん奴に教えているのではなく、これも亦、そういうことを目指した文章であるという事を申しあげておく。

それからすんまへん、気楽なエッセーちゃんげ、と云う点については、これは謝罪する。すんまへん。俺は説明がカラ下手で、昔から周囲の者に、「おまえの言うことはさっぱりわからん」と言われ続けてきた。だからわかるように説明しようと努力するのだけれども、説明すればするほどドツボに嵌まっていく。だけどなるべくわかりよく説明するので、もう少し辛抱してくれ。一通りの説明が終わったら気楽な感じにする。今からもせめて言い方だけでも気楽な感じにしていくので許してくれ。俺を許してくれ。

という事で本題に戻ると、カメラに装着せられてあるフィルターを外して、内部の蠢きを克明に捉えたとする。だけど、こんだそれをなんらかの方法で出力せんければならぬ。

これが則ち、文章と内容の話である。

「それって変換装置の話やないんですか」

と言うとそうである。しかし、今、言おうとしていることがそれと少し違うのは、あれは文章だけの問題であったのだが、これは、その純然たる文章が内容に関係している、という点である。

つまり、右に申しあげた内容と文章の関係の話になるのである。

どういう事かと言うと、変換装置の話をした時点では、文章は内容を説明する為の道具

であった。例えば、

イ：吉岡はうどんを食べる。そのうどんは麺とつゆのみで構成されている。所謂「すうどん」である。

という文章を書いた場合は、吉岡という人物が具のないうどんを常食することと、一般にそれが「すうどん」と呼ばれることを説明する文章に過ぎない。だから変換装置を用いたとしても、例えば、

ロ：吉岡、饂飩を食したり。則ち麺と出汁よりなる。「すうどん」と称すなり。

とか、

ハ：吉岡はうどんを食べてゐた。麺とつゆばかりの、俗に言ふ「すうどん」であつた。

ニ：吉岡がうどん食てた。具ぅないがな。すうどん、かーいっ。

みたいなことになる。こうした変換によって、真に迫っていくことは、それは大事なことには違いない。だが、それは所詮は技巧に過ぎないと思われる。しかーし。

もし、説明に終始したいのであれば、このような変換を行わなくともよかったようにも思われる。と言うか。こういう文章を書く場合、書き手は変換を行わず、イの雰囲気にするかニの雰囲気にするか、或いはロか、或いはハか、或いはそれ以外か……、みたいなことを予め決定してその範囲内で変換装置を駆動させている。

そしてその決定は直観的になされている。その直観がなにに由来しているかというと、そう、内部の困難・糸クズの蠢き＝内容に由来しているのであって、つまり。

文章は内容を説明する為にあるのではなく、文章そのものに内容を孕んでいるのである。つまりだから、右のイ〜ニの文章は、説明として指示する範囲は同じではあるが、書き手の内心に蠢いて出口を求めたもの、則ち内容がまったく異なることがその文章から看て取れるし、また、看て取れるように書くのが、カメラで取り込んだ蠢きを映写・転写・刷出する技術であり、その精度もまたあげやんとあかんのである。

29　表現を研ぎ澄ます

始まりの「熱情」、その瞬間の連なりを再現することは可能か？

内容は内部の困難より生じ、文章を決定する。

書き手の内心に蠢いたものが文章を決定するという事である。つまりだから。そう、技術を学んで上手な文章を書こうとしたって意味がない。なぜならそれは、内心の蠢きを撮影するカメラにフィルターをかませ、映像にエフェクターをかけて、元の蠢きを見栄えよく加工しているに過ぎないからである。

どんどん巧くなる。だけどどんどん内心からかけ離れていくし、誰がやっても、やってもやらなくても、同じものになっていく。

自然が美しい、といった段階で、それはもうダメだ。クソクズだ。俺らがなにかを見て美しいと思う。だけどそれは自然ではない。目の前にあるアホみたいななにかだ。すまん、アホは言い過ぎた。けど、それは毒かも知れん。キチガイかも知れん。爆弾かも知れん。

だけど俺らはそんなもんを見て時々美しいと思ってしまう。それは楓かも知らんし、猫かも知らんし、十三《じゅうそう》のネーチャンかも知らん。それを自然という時、俺らは愛しいと書き、かなしい、と読む、俺らの内部にある困難を見ず、フィルターをかけて、「なあに、美しいがな」と、登場人物に言わせるのである。そんなことを言わせていいのは三島由紀夫だけだ。

いや、違う。別に言わせてもかましませんのや。ただね、自然は美しい式のことを吐かす輩が善人ぶって、目の前をチョロチョロすることが時折あって、その都度、「この餓鬼、いつまでテキトーかましとんじゃ」と思うからこんなことを言うのである。

という思いは俺の内部の困難なのだけれども、それをなんとかしややんとあかんなあ、と思いながら書き、いまそれをカメラで撮ってゐて、つまり、文章そのものが内容であるというのは例えば斯ういうことなのである。

だけど、読んだらわかる通り、これはヘタクソでわかりにくい文章である。なぜなら撮影はそこそこ精密にやったのだが、その映写・転写・刷出が雑だからである。

俺が前に言った、カメラで取り込んだ蠢きを映写・転写・刷出する技術であり、その精度もまたあげやんとあかんのである、というのはこういうところをもっとちゃんと書くようにせんとあかぬということである。

と言うと、「わかります、わかります。それって推敲せんとあかんっていうことですよね」と言う仁があるだろう。それは半分あっていて半分違うのではないか、と俺なんかは愚考する。というのは。推敲すると、気取っていってしまって、いい感じにしていってしまって、バランスとってしまって、コンプレッサーとかそんな機械を通してしまって、いい感じに仕上げてしまう性向が俺らの中にどうしてもあるからで、表現を研ぎ澄ます、と云うことと、アラを修正し覆い隠す、と云うことは、紙一重というか、研ぎ澄ましているつもりでぼやかしている、ということが割かしあるからである。

昔、ロックバンドの歌手をしていた頃、スタジオ録音をしたことが何度かある。その際、全体的には凄くよかったのだけれども、個々人からすると、かの部分は凄くよかったが、この部分はミスをしてしまった、というテイクがあったとする。そうすると、その凄くよかった部分だけを残して、あかなんだ部分だけを修正する、ということをよくした。

「よっしゃ、ほだいくで」

と技師が言い、楽士が、

「おげあ」

と言うと、修正すべき少し前から音が流れる。その時、技師は再生ボタンしか押していない。そして修正すべき場所になったその刹那、技師は目にも留まらぬ速さで録音ボタンを押し、と同時に楽士が演奏を始める。その少し前から弾奏している場合もある。そして修正する箇所が終わった瞬間、技師は停止ボタンを押す。

「playback しまーす」

「日本語で言え、ぼけっ」

など言いつつ、これを再生すると、アアラ不思議、恰も最初からそう弾いていたかの如くに滑らかなる演奏が調整室に鳴り響く。

こんなことはでも俺が初めて録音した四十年前、既にやっていた。だけど最近は技術が発達して、唄の場合なんかだと、同ンじ箇所を何回も歌い、その中から出来のよいものを選んで貼り合わせるといった卑猥な行為もごく当たり前に行われている。昔もそんなことをやらないではなかったが、その際は、テープを切って糊で貼り合わせるしかなく、かなり面倒くさかった。でも今はごく簡単にそんな卑猥なことができるようになったのである。なんて事を今の人に言うと、「なにを言うとんねや、この老い耄《ぼ》れは。早く死ねばいいのに」と思うことだろう。それはそうだと思う。

便利な技術を卑猥だとか卑劣だとか言って否定するなら、スマートホンも使うな。山に行って炭焼いて猪射って暮らせ、という話になってしまう。それを判りながら俺が思うのは、そうすることによって失われるものがあるということである。

そして実はそれこそが表現に於いてなによりも大切なものではないか、と思うのである。勿論、それがなにかは状況によって異なる。もしそれがベルリン・フィルハーモニー管弦楽団のレコーディングであったなら修正が必要なミスは許されないというか、そんなミスをするようなレベルの低い人間は最初から雇われなく、趣旨の違った技倆《ぎりょう》が必要とされるのだろう。

だけど俺がやっていたようなバンドにとって大切なものはなにかというと、荒削りながら皆で演奏することによって生じる、乗り、畝《うね》り、のようなものである。つまり巧みな演奏を聴きたいのなら、客は別の音楽を聴くであろう、ということで、じゃあ、なにが聞きたいかというと、そこに籠められた全員の魂であり、熱情である。或いは狂気、無目的無方向なエネルギーの彷徨、咆吼、爆発炎上であろうと思われる。

と言ってなにか思わないか。そう、それらはみな内心の糸クズの蠢きより始まるものなのである。ならばそこに乱れや狂いが生じるのは当たり前のことであって、それをば、しょうむないプライドやエゴによって糊塗し、最初から巧い演奏をしたかのように見せかけるのはなんの意味もないことである。

昔はいろんな意味で技術の水準が低かったため、そうしたことをしようとすると、乗り・畝りの一切ない、急にスピに興味持った社会学者が低く唱える般若心経のような盛り上がりを欠く仕上がりになってしまいがちであった。だが、技術が発達した今、それ風に見せかけて、それなりに仕上げることができるようになった。そうすると理想の、なんの間違いもない楽曲が完成する。だけどそれはのっぺりして、まるでみんなが同じ顔、同じメイクの整形美人のようなものである。つまり。誰でも一緒、ということになってしまい、やってもやらなくても同じこととなる。マア、それでも銭が貰えるならやってもよいが、大抵は貰えないし、仮に貰えたとしてもその額はきわめて少額なのである。

しかし、それにはさらに深刻な問題がある。それは熱情でないものを熱情と偽ることによって生じる心の腐敗、頽廃、退嬰《たいえい》である。

どういう事かというと、熱情というのは専らその当人の心に生じるものであるが、二度目にこれに当たるのは、当人の心のなかの別人格である。それ故、「最初の当人の熱情」はそこになく、多くあるのは、最初の熱情を批評的にみて、これをよりよく再現しようとする、観察者的な眼差しで、そこに熱情は欠片もない。というか。

その最初にあった熱情というのは、瞬間の果てにあるものである。その果ては次の瞬間の始まりでもある。このように瞬間が連なり、端から見ると流転しているように見える時、のただの一点にあるのが熱情である。

それを部分的に切り取って、「はい、ここの熱情を再現してください」と言われて再現できるとしたら、それは熱情そのものを再現しているのではなくて、熱情の見かけ上の外枠、をなぞっているに過ぎない。もちろん、現今の技術によって、それを熱情に基づくものとして、そっくり同じように再現はできる。だがしかし。それをやっている当人の心に問題が生じる。どういうことか。それは。

楽しくない、のである。つまり、熱情が心に生じているときには確かにあった、楽しみ、快楽、がまったくなく、ただただ間違いなく修正する、という一点のみに集中することになる。そこに喜びがあるとすれば、それをぬかりなく成し遂げた、という喜びだが、それはマアはっきり言って、目的がある仕事・為事であり、熱情とともにある楽しみではない。それは良く言ってartist《技巧家》の喜びであり、悪く言えば奴卑の喜びである。

それを無理矢理に熱情と強弁し、読者・聴衆を謀《たばか》れば、心が腐り、頽廃する。その腐った心を癒やすため、キャバクラやホストクラブに行って銭を遣う。そんなら最初から銭を貰わないで、熱情に奉仕していた方がよい。或いは、それによってこれほど銭が貰えた、これほど銭が儲かった、何位になった！　映画化された！　世の中に認められた！　みたいな事になれば、満足に塗れて自分の心の腐臭に気がつかないまま幸福な一生を過ごすことができるのかも知れないが、それと内容の良さは、はは、無関係である。

そして今、目指しているのが内容の良さである以上、この頽廃から免れる方法、つまり熱情を持続する方法を学ばなければならない。

30 「一発」の重要性

人生が一瞬の連なりであるように文章もこの一瞬が次の一瞬へ繋がる

先程より。技巧の頽廃から免れ、熱情を持続して、内容の佳きを目指すにはなにを為すべきか。それについて語ろうかなと思いつつ舞い散る落ち葉を眺めている。南の側庭に面した大きな窓より眺めている。その窓からは紅葉の巨木を観望することができるのである。行二間許の側庭の縁より沢に落ち込む断崖から生える紅葉は私がこの家に越してきた二十年前、已に巨木であったが、二十年のうちに一段と伸び、嘗《かつ》ては彼方にあった枝が今は手を伸ばせば届くところにある。

その紅葉の枝からハラハラと葉が落ちる。それをただただ眺める。

そして思うのは、落ち葉というのは枝から離れた段階でもう落ち葉なのだなあ、ということだった。

それは落人《おちうど》が、戦に負けて逃亡している段階で落人であるのに似ている。

つまり、落つ、ということは、落下、ということでは必ずしもないということで、舞い散る落ち葉は時に、高く舞い上がることもある。にもかかわらず、その葉を「落ち葉」と呼ぶ。屡々、高い山を越えていく者を「落人」と呼ぶが如くに！

かつて司馬遼太郎は「翔ぶが如く」という題の小説を書いて、その小説を原作としてNHK大河ドラマが制作された。それにより本が売れ、作者はかなりの印税額を手にしたのではないだろうか。私はそれが羨ましい。羨ましくてならない。そこで、司馬遼太郎の真似をして、「呼ぶが如く」という小説を書こうと考え、腹案を練った。だけどなにも思い浮かばず、仕方がないので、なんというのか知らんが、適当な事を言うと勝手に文章を生成する畜生、みたいな奴に言ったところ、粗筋を生成しやがったのだけれども、司馬遼太郎というよりは泉鏡花的な感じになったので、これではNHK大河ドラマと言うよりは、どちらかと言うとNHKラジオドラマになる感じで、当然の権利として貰えるはずの印税額がかなり減るなあ、と思い、悲しい気持ちになったので、自分のくるぶしを眺めて心の平安を取り戻そうとした。むなしい、そして、むしょうにかなしい。落ち葉が散っていく。


と書いて俺は俺に言う。

「おまへはなにを言ふとるのだ？」

と。内容の佳き、を目指し、その方法を伝授する、と言っている人間が、こんな無内容な、落ち葉がどうした、とか、印税が欲しい、とか、どうしようもないアホ文章を書き、挙げ句の果ては生成ＡＩに頼り、それでもダメでくるぶしを眺めている。

「ふざけるのもいい加減にしろ！」

と俺は俺に言うのである。だから俺は本稿をド頭から書き直さなければならない。で、書き直すかというと俺は書き直さない。これを此の儘ここに示す。なぜかと言うと、皆様方に一発の重要性を知っていただきたいからだ。

俺は右の文章を一息に書いた。一気呵成に書いたのである。つまり一発であるということである。その結果は無惨なものである。だが、その瞬間瞬間、俺は言葉を選択していた。その選択に気迫がこもっていないからこんなことになるのである。

という事はどういう事だ。どういう事だ。

「言え、言え」

「や、やめろ、苦しい」

「苦しかったら言え」

「言う、言うから、やめろ」

そんな強制をするのが誰だかは判らない。だけど仕方がないから言おう。選択に気迫がこもらないということは、その時、いやさ、その言葉を選択した瞬間、俺の精神が弛緩していた、ということだ。ということは？　そう、言葉の選択をする時、それは変換装置が動作する時であり、その時、精神は緊張していなければならない。そうしないと変換装置の能力が最大限発揮できないということである。つまり。

文章を書くと同時に、「早よ書き終えてキャバクラ行きたいもんじゃのお」とか、「もやし、今日中に食わんと腐ってまうがな」など思考していた場合、変換装置の働きが低下して、言葉の選びが甘くなってしまう、のである。

と言うと、「元気があればなんでもできる。推敲すればなんでもOK」と主張するファリサイ派の方々は、「別にそんなん、後で語彙、変えたらええやん」と仰るのだろう。それも、まるで五井海岸で魚釣りをしている人のような気楽な表情で。

だが、それは大きな間違いである。というのはどういう事かというと、人の一生というものは瞬間の連鎖・連続である。この一瞬が次の一瞬に繋がっている。つまり、この一瞬が、こうであるから次の一瞬がそうなるのである。ということは、この一瞬がこうでなく、別のものであったのなら次の一瞬もまた別のものになる。

其れは別に抽象的な話ではない。その瞬間、口にした一言によって相手の顔色が、さっ、と変わり、自分に対する態度がその後、生涯に亘って変わったり、その瞬間、「ええいっ、いてまえ」と思ったが為に次の瞬間、脇から来た自動車にぶつかって自分も相手も死ぬる、なんてことは当たり前にある事である。

と言うと、「そんな極端なことはあまり起こらない。いやさ、滅多に起こらない」と推敲派の人は言うのかも知れない。無理して買ったハイブランドのジレを多くの人が「がまかつ」のベストだと認識していることも知らずに。

右に挙げた理由は、その一瞬と次の一瞬の因果関係を当人が認識している例である。しかし現実に於いては、その因果を当人が認識できないことの方が遥かに多い。つまり、なんでそんなことになったのかさっぱり判らぬまま、儲かったり損したり、人に好かれたり嫌われたりしているのである。だけど人間には意思があるから、それをなんとか好転させようとする。しかしそれで思うとおりに行けばよいが、大抵はそうならず、「吁《ああ》、人生はままならぬものよのお」と詠嘆するのである。

しかしそれでも、訳のわからぬまま流されるわけには行かぬので、そうした因果を解き明かし、一般庶民に判るように説明してくれる人々もいる。それが法学者、エコノミスト、社会学者、医者、占い師、霊能者、魔法使い、文学者といった人たちで、正体不明の疫病《えや》みが広がった際などはこうした人たちが的確な感じの意見を述べてくださる。その結果どうなったかは、言わぬが花でしょう。

つまりなにが言いたいかというと、俺らは筋道だった（ように見える）論理に因ってではなく、一瞬の出来事に因って意思とは無関係に動かされているということで、そして驚く勿れ、それは文章を書くときにも現れる。つまりどういう事かというと、一つの文章の流れは、一瞬の判断によって実は決定する、してしまっている、ということを俺は言うとるんじゃ、ぼけっ。

と言ってもまだ信用できない人が居るのかも知れない。人間の信用というものは実はもの凄くあやふやなもので、信用する根拠は「この人を信用しよう」と自分が決めたという一点にあるので、且つ又、信用できない根拠は、「この人は信用できない」と感じた自分の存在である。それ故、「それじゃ、信用できない。説明責任を果たせっ」と叫喚する人にいくら説明したって、その人は信用しない。なぜなら、「信用しない」とその人が決めてしまっているためである。

それを調停するためには、より高次の権威にお出まし願うことであるが、昨今は高次の権威が払底しているため、それもままならず、多くの人が不安と猜疑のうちにあって罵り合っている。罵り合うだけならよいが、それが殺し合いになって、関係ない奴が巻き添えを食うなどしている。因果なことである。

って俺はなんの話をしているのだ、って、そう、信用しない人が居て、その人はなにを言っても信用しないので、俺が今、言った、文章が一瞬の判断で変わって、それが内容や筋道をも変える、ということを信用しないかも知らん、という話をしたのだった。だけど、だからなにもしないのは不誠実だと思うから一応説明すると、例えば、

先程より。技巧の頽廃から免れ、熱情を持続して、内容の佳きを目指すにはなにを為す

べきか。それについて語ろうかなと思いつつ舞い散る落ち葉を眺めている。

という文章の、「先程より。」としたところを、「さっきから俺は、」と書いたらその先、どうなるか、ということを俺は言っているのだ。それは多分、「技巧に走つて情熱を失ふ、てなことにならないやうにするためには如何したらいいのだらう、と云ふことを考へてゐる。」となるに違いない。そうすると次の、「それについて語ろうかなと思いつつ舞い散る落ち葉を眺めている。」という文章も変わってくる。なぜならここで已に、「云ふことを考へてゐる。」と言ってしまっているからである。つまり然うすると、そこは、「考へつつ窓の外の景色を眺めてゐる。」と書いてから、愚にもつかぬ落ち葉の話になるのだろうが、しかし、「考へてゐる。」と一息に書いた事により、「語ろうかなと思いつつ」という文章の、いったんその事を保留する感じが薄れて、落葉の話はそれほどしないでいきなり本題に入ることができたかも知れぬのである。

これを見たか。

三鷹の跨線橋がなくなること。それがどれほど太宰ファンの心を傷つけるのか分っていてそんなことをするのかっ。というのもまた然り。これを見たか、と書いた事により、三鷹の話になる。なってしまう。もちろんこれは話を判り易くするためにわざと極端にしているのだよ。偽善の律法学者、パリサイ人たち。ということで、つまり人生が一瞬で決まるのと同様に文章も一瞬で決まる。それ故、一瞬たりとも弛緩したらあかぬのだ。

31「ノリ」と「アラ」

「もっと伸び伸び書けや」作者の身の内に「ノリ」が生まれると「アラ」は気にならなくなる

俺らの一生が一瞬の連鎖、偶然の連鎖であるのと同じように文章の内容は一瞬で決まる。それをムチャクチャ要約して言うと、「俺は」と書き始めるのと「私は」と書き始めるのとではそれ以降の内容が変わってくる、ということである。

そこで文章教室の先生なら、「皆さん、今日は。栗村です。それ故、内容をコントロールする為に予め、俺にするか僕にするか私にするか、キャラを決めておきませう。乃公《だいこう》とか拙とか吾輩とかにしたらあきませんぜ。何故なら面倒くさいから。でもチャンネル登録は宜しくお願いし枡。」と仰るであろう。

だけど俺はそれを言わない。理由はもうおわかりですよね。そう。そんなことをしたら文章がしょうむなくなってしまうからである。なぜしょうむなくなるかはもうおわかりですよね。そうそれをやると、実際の人間の生き、ではなく、演劇、になってしまうからである。
剣道をする場合、真剣での果たし合いはこれはしない。なぜならそうした場合、どっちかが死んでまうからである。だから竹刀や木剣を使う。同じように格闘技やなんかでも、金的蹴りや目潰しは禁じ手とする。そうしないとなんでもありの殺し合いになって、興行として成立しなくなるからである。それはそれで間違いではない。なぜなら、生死と勝負は次元の異なる事柄であり、且つ興行として成り立たせる必要がある場合もあるからである。ということで勝負は試合、となる。

だからそれくらいだったらよいのだけれども、それを続けていくとどうなるかと言うと右に申しあげたと同じこと、即ち、熱情の減衰に因る虚無・頽廃に見舞われる。と同時に、技術だけがどんどん上達していって、試合が舞踊になる。

つまり、殺し合い→勝負→試合→舞踊、となっていくのである。人間はそのいずれにも魅力を感じるし、と同時に嫌悪も感じる。だからどれがよくてどれが悪いというわけではない。但し、舞踊を見て勝負だと思うのは間違いだし、試合を見て勝負だと思うのは間違いである。また、本人は試合をやっているつもりでその実、舞踊。或いは、勝負をやっているつもりでその実、試合。勝負をやっている心算でその実、舞踊。というのもある。

舞踊をやっているつもりがつい試合になってしまう、というのもあれば、勝負になってしまうこともごく稀にあり、また、意外に多いのが舞踊の振りをした人殺しである。

そんな風にならないために、それが舞踊なのか、それ以外なのかを見抜く必要があるし、また、自分がやろうとしていること／やっていることが何なのかを知る必要があるのである（ただし今言った舞踊というのは、武術が堕落したものとしての、正確に言うと「舞踊の如きもの」であり、舞踊そのものを指すのではない）。

さあ、そしてここで、文章が一瞬の連鎖で、一語一語がその内容を規定する／される、ということを右の喩えに照らし合わせて考えてみるとどうなるかというと、そう、真剣での果たし合い、ということになる。

そして栗村先生の如くに、「いやさ、文章などというものは説明の道具に過ぎないから、その都度の使い勝手できめればいいんだよ」と言えば、観客に見せるため、入念なリハーサルを行ったうえでする踊りということになる。

だけど、舞踊・演劇じゃあおもしろくねぇ、ということは既に何度も申しあげた。だったらどうしたらよいのか。そりゃあ、もうはっきりしている。一発で決めればよいのである。その為に大事なものはなにか。それは真剣での立合いと同じくらいの気合い・気《き》魄《はく》で文章を書く、ということである。きええええーい。裂帛の気合いで、「おれはーっ、」と書く。「パンをー、」と書く。「喰ひたいーーーーっ」と書く。するとどうなるか。激烈にしょうむない文章になる。「そういうことやないねん」「なんやちゃうんかいな」ちゃう。ではどういう事なのかというと、勿論、一発目の表現にはアラが生じる。或いは隙が生じる。それを具体的に言うと、例えば、「栗村は目にも留まらぬ速さでうどんを食べた」なんて文章をウカウカと書いてしまう。それを防止するのは、マア、気合いなのだけれども、気合いつったってどうしたらよいかわからないのは右に申した通りである。

書く一週間前から五穀を断ち、書く直前には水垢離《みずごり》を取り、頭に五徳をかぶって三本の蠟燭を立て、般若心経をプリントしたスウェットを着て、失敗するたンび、手の甲に五寸釘を打ち込む、なんてことをする、といったようなことにはなんの意味もない。大量のアルコールや幻覚剤を摂取するのも同様である。

しかし、とは言うものの。そういうことをしなくても、神懸かり、ということは起きる。そういう際は、自分でも訳がわからないくらいにガンガン書ける。これは別の言い方をすればノリということなのだけれども、このノリが訪れれば、一発の際に生じるアラや隙が気にならなくなる。

例えば小説で言うと、小説の書き出しというのは、どうしても力が入ってしまうものらしく、応募の小説やなんかを読んでいると、気合いが入りすぎて、凝った揚げ句、おかしな言い回しになったり、極度に緊張して筆がすくみ、生硬でぎくしゃくした表現になる場合が多い。なので、「なんじゃ、こら。おかしげな表現やなあ。もっと伸び伸び書けや。普通でええねん」と思いながら読む。ところが読み進み、物語が動き出すと、いつの間にかそうした気になる表現がなくなって、読みやすくなるということがある。

これは作者の身の内にノリが生じたからと考えられる。もちろんそれらの作者が一発で決めたかどうかは、そら横で見てた訳ではないからわからないし、多分、いろいろに書き直したとは思うが、一発で決めるのに近い感覚に至ったことは間違いないであろう。

と言うと、ノリが生じるとアラが減るということかというと、そういうことではなく、アラはあるのだけれども、アラが気にならないほどのノリがそこにあるということである。ということはどういうことか。そう。ノリは作者にとっても読者にとっても気色のよいものなのである。

テレビ番組、そのなかでも、なにかこう、ドキュメンタリー的なテレビ番組で、冒頭のところで、この取材をするのが如何に困難であったか。故に如何に貴重な、見逃してはならないプログラムであるか、を全体の三分の一くらいかけて説明してるのを見かける。そういうのを見ると俺は、「値打ちこくな、ぼけ」と思ってしまう。思うだけではなくて画面に向かって言ってしまう。典型的なうっとうしいおっさんである。

まあ、そのうっとうしさは俺自身の問題なんやが、それはまた別に反省するとして、いまは話を続けると、俺は同様のことを文学者にも感じることがある。どんな時かというと、作家は命を削って書いてるんだよ式の言い回しに触れたときである。

まあそれはそうなのかも知れないかも知れないが、もしそれが本当なら、書き終えた瞬間、「ぷぅわひゃい、終わった、終わった。よし。前から楽しみにしてたユニバーサルスタジオジャパン行こ」となるだろうか。俺はならへんと思ふ。なぜかというと、本当に命を削って書いていたら、終わったときはもう削られてカスカスになって、とてもそんな体力・気力・HPが残っておらないはずだからである。

マア、中には本当にそうやって書いている人も居るのかも知れないが、ぷわっひゃい組もかなりの数、居るように俺は思う。それなのに、そんな事つまり、大変だったように言うのは、「いっやー、もう楽勝ですわ。空いた時間でチャチャッと書きましてん」と言うよりも、「渾身の力を振り絞って書いた。余の畢生《ひっせい》の大作である」と言った方がありがたい感じがするからである。

だけどそう言っているうちに、木乃伊《ミイラ》とりが木乃伊、そのポオズを自分でも信じてしまうようになり、畢生の大作を書こうとするあまり肩に力が入って、「おすすめの天プラ三点」みたいな随筆を頼まれているというのに、「天婦羅の事を念《おも》ふ度、余は余自身が深甚な恐怖と悲哀の感覚に囚われてゐると感じざるをN。Nつてたれ? Nは余の舊友《きゅうゆう》である。Nは酢の物屋の三男であつた」といった意味の訣らざる文章を書いて仕事を失い路頭に迷い、寂しく死んでいく。

そうならないためにはどうしたらよいか。はっきり言おうか? 言おう。楽しくやればよいのである。では楽しくやるという事はどういう事か。ふざければよいのか。でたらめにやればよいのか。違う。ではどういう事か。それは、そこにノリが生起している状態である。

それは別にふざけて居るのでもなければ、出鱈目をやっているのでもない。いやさ、むしろ、一心に文章に向かっている状態であろう。それは身の内から生じた一語が一文を喚《よ》び、一文が一段落を呼んで、それがまた一語を呼ぶという状態が連鎖的に起こって書いても書いても追いつかぬ、という状態である。

これに至れば、至ることができれば、その時に生じるアラも亦、文章の味、高速回転する変換装置が最上の働きを示した結果であって、形を整えるために別の語に置き換えるなどしたら、全体の玄妙なバランスが崩れて取り返しのつかないこととなるということが訣るようになるであろう。

その時、頭の中に、「かたつむり」という童謡の節が流れる。文句はおそらく斯うだ。

〽アーラアラアーラアララーララーララン、アーラアララーラアララーラアララ、アラ
アララララ、ラララアララ

そして最後に、「ブンセンの味。はいっ」と云うナレーションが流れる。ブンセンを漢字で文選と書き、これをモンゼンと読むことは十分可能である。アラが最終的には詩文となるのである。

しかしその時、変換装置がフルパワーで作動している必要があるということは既に申しあげたが、それともうひとつ、そのときひとつの玄妙な現象がノリの渦潮の中で生じていることを陳べなくてはなりません。次に俺はそれを言います。

「もっと伸び伸び書けや」作者の身の内に「ノリ」が生まれると「アラ」は気にならなくなる

32 読み書き表裏一体の姿勢

書いた瞬間読み、読んだ瞬間書き、裏表裏表裏表裏表裏表裏の真剣勝負

頭の中にノリが生じ、「ブンセンの味。はいっ」と言うとき、「文選」にジャンプする。この跳躍力を駆動するのは、ノリの渦潮の中に生じる玄妙な現象であり、その玄妙な現象について申しあげる。それはなにかというと、「変換装置」が作動する際に巻き起こる、読み書き表裏一体現象である。

と言うと、「いきなり何をほざいているのだ。この老い耄れは」と思うだろう。申し訳ございません。と書いて、この、「申し訳ございません」と言うのはどういうことだろうか。と一瞬にして考えるのが、読み書き表裏一体現象である。

つまり書いた瞬間これを読む。読んだ瞬間これを書く。それを同時に行う。頭の中で、裏表裏表裏表裏表裏表裏表裏表裏表裏表裏表裏表裏表裏表裏表裏表裏表裏表、と

読み書きを裏返し続ける。そして気ガツケバ。シャッポーがグルグル回っている。

「回る回る、シャッポーが」

一九八一年頃から継続して私の言語表現に触れている者ならば、重要な局面で必ずこの表現が現れることに気が付いているはずである。これは私にとって言葉の楯である。

つまり言葉を、文章を書くという事は、実は一瞬一瞬が真剣勝負なんだよ。斬り合いなんだよ。どういう事かと言うとね。文章を書いていると斬りかかってくるんだよ。「なにが？」「ありきたりな語彙が」「矢場《やば》」っそう。矢場女に惚れて人生がグシャグシャになった。そんな人生を文学的に書こうとするときですら、いや、そんな時ほど、ありきたりな語彙が白刃をきらめかせて襲いかかってくる。抜刀隊だよ。

それに対して自分はなにを持っているか。やはり言葉だ。それはそう変換装置だ。僕はさっき、楯、と言った。だけど実はそれはない。一口《ひとふり》の鈍刀があるのみだ。それで以て相手の一撃を、ガツーン、と受ける。受けておいて、グッ、と押し返し、鮮やかに斬る必要なんてない、横殴りに殴るようにして斬ってかかる。或いは突く。

要するに一口の刀が楯の役割も矛の役割も果たすって訳だ。その時、刀はどういう動きをするか、裏表裏表裏表裏表裏表裏表裏表裏表裏表裏表裏表裏表裏表裏表裏表裏表裏表裏表、という動きをする。これを絶えずやる。これが即ち読み書き表裏一体の術法である。

　これが所謂、「推敲」と違うのがおまえにわかるか？　俺にはわからないよ。わからないけれども、一つだけわかるというか、重要になってくるのが同時ということなんだね。つまり「推敲」というのはある程度、まとまってから、というか、その文章が完結して、或いは「作品」が完成してからするだろ。つまりこれは編集なんだよ。quantize・補正なんだよ。インチキクズ手品なんだよ。これの得意を誇るアホがかつて居たよ、そう言えば。そいつは自分の事を、プロ、と自任してチンケなプライドに縋って自己を欺瞞していたっけ。

　だけどな、本当は事後ではなく、同時、にやらんとあかんねん。ライブやないとあかんねん。人間国宝が作った百万円の木刀で殴りかかってこいや。いっぺんはどつかれたる。そやけどその後、五十年前に文房具屋で買うた肥後守で咽首搔き切ってこましたるわ。

　みたいなことをやりやんとあかんて言うか、やる。そうするとな、知らん間ァに内容もできあがってくる、っていうのは前章に申しあげたところである。

　喋り口調と唄い調子。という事がその時、使われることがある。というか、俺は右でそれをやってみた。「つまり言葉を、文章を書くという事は、」以降がそれじゃよ。ってまたやっている。これは一度始めるとなかなかやめられぬという特質を持っている。なぜか。それは、口調というのは前へ前へ進んで止め処がない、という性質を有するからである。というのはつまりライブである。映画を撮っているときは、なんぼう迫真の芝居をしていても、なんぼう長回しでも、監督が「カット」と言えば芝居をやめなければならない。レコーディングも同じこと、という話は前にした。だけど演劇の舞台は始まったら致命的なトラブルがあったとても結末まで、止めることができない。止めるためには、「おいっ、幕、幕」と言って、観客の視線を遮蔽するより他ない。もっというと生きていること、人の生そのものが死に向かって真っ直ぐに進んでいるのであって、中途で止めたり、逆に戻したりすることは出来ぬ。是則ち live ということで、喋り口調は、文にそのような「今」を齎す効能がある。書いている時間≒作中の時間≒生きている時間のようになり、その瞬間、読み書き表裏一体、裏表裏表裏表裏表裏表裏表裏表裏表裏表裏表裏表裏表裏表裏表裏表裏表裏表裏表、と、斬りかかってくるしょうむない語彙と干戈《かんか》を交えつつ、文の偽善、文の欺瞞、技巧の頽廃から脱する契機となるかも知れぬのである。

　唄い調子、ってなんだ。知るかよ、だけどそういうものがあるのは感覚としてわかる。唄うような調子の文章という事。普通、これを文章に当てはめて謂うことはないだろうが、例えば「平家物語」や「太平記」やなんかによく出てくる、空間を移動するとき、どっかからどっかへ行くときに、その中途の地名や寺の名前といった誰でも知っている有名な場所の名称を文章に折り込んで、七音と五音を連鎖させて調子よく進めていく。というのがあって、あれはその後、様式化されて、今、あれをやっても古典の情趣が強調されて、真に迫る、ということはない、あべこべに白いけれども、あの感じを現代の言葉でやったら、それは唄い調子になり、右に言った喋り口調と同じ効果・効能を齎すことでしょう。それは例えば、即興的に発語され、瞬発力が問われる中で韻を踏むことが求められるラップ音楽の詞章やなんかによく見られるチャーハンである。

そして俺は今、二つのことを痛切に反省している。まず一つは、右に「術法」と書いた事である。なぜなら、ここまで書いてきたことを最初から読んできた人はわかると思うが、これは技法ではなく、姿勢、であるからである。だから、その技法の㊀として「喋り口調」、技法の㊁として「唄い調子」があると考え、そのやり方を技として学び、実践してもあまり意味なく、文の欺瞞・偽善と必死で闘ううち、気がついたらその構えを取っていた、というのでないとあかぬ。にもかかわらず「術法」と書いてしまったのは本当にすまんこっちゃった。そして二つ目の反省は、「よく見られるチャーハン」と書いてしまったことである。これは本来であれば、「よく見られる景色」とか「よく見られる。」と書くべきであった。それをチャーハンと書いてしまったのは、そこにイメージの広がりを求めたからである。詩やなんかを書く場合、そういうことをやる人が多く、俺はときどきそんなものを批判的に読むのやけど、自分がやってしまった。これは実際の声色が必要だし、さらにはそれに対して、「チャーハンて」という漫才で謂う処の「ツッコミ」があって初めて成り立つもので、それをかかる文中に用いるのは間違っている。本当にすまんかった。

だが一寸の虫にも五分の魂。これには文章を書く際、もっとも重要な問題が関係していて、それが、「わかりやすさ」「伝わりやすさ」の問題である。

お前らはこの二つはどう関係していると思いますか。「わかりやすい」方が「伝わりやすい」と思ひまするか？　俺は違うと思う。なぜかと言うと、わかりやすい、という事はすぐにわかってまう、という事だけれども、その時、伝わっているものは果たして何だろうと思うからである。

「おっさん、饂飩なんぼや？」

「千円です」

と言うたとき、これはもうムチャクチャ伝わってます。なにが、て、その饂飩が千円やということが。だけれども、もしこの時、この両名の間に、饂飩を供し、その代価を受け取る以上のものが在ったとすれば、別の言い方をした方が、互いに伝わるものがあっただろう、と考えられる。ならば、わかりやすさ＝伝わりやすさ、とはならないはずで、此の世にはわかりやすいが故に伝わりにくい場合もある、ということになり、となれば、わかりやすさ、を犠牲にして、伝わりやすさ、を優先する事もあるのである。

しかしながら文章を教える教師の多くはこれを知らず、わかりやすさと伝わりやすさ、を混同して教えるから、わかりやす過ぎて何も伝わっていない、という事があちこちで起こって牛の価格が高騰しているのである、って書くと、ほらね、「わかりにくい」って文句言うでしょ。しかしそう書くことによってしか伝わらないことがある、と俺は言うてる訳や。となると本当に大事になってくるのはなにかという事になってくる。
〽それはなにかと尋ねたらベンベン。〽アー、伝える内容内容内容内容、ベンベン。
という事にどうしてもなってしまう。つまり、その伝える内容が大事になってくるとい
うことである。つまり、そうまでして「なにを伝えるか」「なにを伝えたいか」という事。
とはいうものの、それの価値を決めるのは己である。人から見て死ぬほどしょうむないこ
とでも自分が、伝えたい、と思ったことは自分にとって価値あることである。だから内容
が大事といって、それが「普遍的価値」を有してないとあかん、という訳ではない。とい
うか普遍的価値なんてものはな、他人の頭の中に手を突っ込んで自分の好きなように作り
変えて快感を覚えているクズ野郎が拵えた嘘だから、そんなものに囚われる必要は毛髪な
い。禿である。というクスグリをいつか書いた覚えがある。これとてなにか伝えようとし
ての所業であったのだ。すんません。
　俺の文章が読みにくい、と言い、俺を気の毒な人を見るような目で見る仁がある。嘲笑
する仁もおらっしゃる。だけどな、おまえらな、俺がわかりやすい文章を書かれへんと思
うテイルお前らの方が気の毒やと俺は思う。
　云いたいことを箇条書きにして文章を生成させる。ええやないか、えやないか。それで
伝わるわいな。そうしたら個人小説家を株式化して売買、それで金を稼ぐことができるよ
うになるだろう。だけどな、その時にできないことがひとつある。それが今、申しあげた

「読み書き表裏一体姿勢」なんだよ。なぜならそれは「姿勢」であって「技法」でないから。「姿勢」を取ることができるのはいずれ死んで此の世からいなくなる者のみだから。

うくく。

33 高尚の罠――「内容の罠」と「表現の罠」

「言葉を生きる」と「言葉が生きる」。文章には結局、「俺」が映っている

興奮していろいろ言ってしまった。ごめんな。ところでその際、俺は、内容が大事、と言った。そしてそれは、そいつが真に、伝えたい、と思って居ることだということを言った。それに、価値、はなくてよい、とも言った。で、それについて「普遍的価値」と言ったのだけれども、もっと訣りやすく言うと、万人・多くの人にとっての価値、でなくてよい、ということなんや。自分にとって価値がある、だけど人から見たらどうでもいいかも知れないこと、だけど伝えたいこと、それを伝えるために文章ちゅうもんがあるちゅうことをちゅうてんねん。それは、「ちゅうてんねん、て、なんか、ちょうねんてん、に似てへん?」みたいなことで著しく価値の低い言説であるのかも知れない。でも、もしおまえがそれを伝えたいのであれば、それをこそ伝えるために文章はあるということを俺は言っているのである。それが長くなって、時間を孕んで展開し、物語になり、小説になること

もあるのかも知れない。しかし。

ここに「高尚の罠」というものが仕掛けられているのである。文章を書く場合、多くの者がこの、「高尚の罠」にばまりこんで身動きがとれなくなってしまう。と言って。

「ばまりこむ、ってなんやねん?」

と突っ込んでくれる親切な人もいらっしゃったことだろう。これは連濁という現象を無理矢理にあてばめたものである。これを、ただただ論理的に解説した場合は、「高尚の罠」にはばまりこまない。だが、自分がそれを説明したいという熱情以上に、それを価値が高いものと他人に見せかけようとしたり、いやさ、それ以前に、それの価値が高いものと自分に信じ込ませたいと無意識裡に思うてしまうとき、人は「高尚の罠」にばまりこむのである。

罠は内容において、そして表現において仕掛けられている。それぞれ「内容の罠」「表現の罠」ちゅうこととして一個ずつ言うと。

「内容の罠」とは、自分の書く文章の価値を高いと思いたいあまり、また、高く見せかけたいあまり、別にそれを伝えたい訳でもないのに、内容を高尚な感じにしてまう罠である。

例えば、小説の根源にあるものはマアはっきり言って、人の人生や生活を脇から覗き見たい、とか、気がおかしい奴を見て笑いものにしたい、とか、人殺しの顔を見たい、といった人間のゲスな好奇心を満たす、みたいなところに出発点があり、まあ謂わば芸能ゴシップとか怪奇心霊現象、とかとあんまし変わらない。だけどそれをやってるうちにどうしても見えてまう人間の真実というものが見えてまうこともあるし、見えてまわず、ただただ見世物小屋みたいになっている場合もある。だけど人間にそうした、見世物を見て感情をゾワゾワさせたい、という欲がある以上、自分も人間なので、それを書いてみたい、自分のなかにあるその感情を自分で満たしたいと思うのは、誰もが持っている当然の想像力でそれを恥じる必要はまったくないのに、「いやさ、これは高尚な内容です」みたいに自他を瞞着するために、人類愛とかそんなようなクソみたいな空虚な文言から揮発するカスみたいなものを無理矢理接続して、「高尚!!」と書いたシールを貼り付ける。これにより自己を完全に瞞着することが出来れば思想に凝り固まった人が書いた宣伝書か中世の説話集みたいになるし、半商売でやったら、「自分はけっこうな読書家」と思いながら自分が気色よくなれる本しか読んでないのに批評眼があるつもりになっている人に、刺さる、は、刺さるものになるし、逆手に取れば、「宇治拾遺物語」みたいなクールな説話になるが、それらになれるのはきわめて稀で、大体は誰も読まないし、読んでもなにも感じず、読む尻から忘れていくような屑文章ができあがる。これ即ち「内容の罠」である。

「表現の罠」とは、別の言い方をすれば「意匠の罠」である。どういうことか。ここに一箇の菓子があったとする。それはマアどこにでもある、しょうむない菓子である。なんでそんなものがあるのか。何処かで買うてきたのか。違う。家にあった材料を使って自分で拵えたのである。それがどれほどの菓子かは自分が良くわかっている。だがそれをよく見せようとして包み紙を高級店のそれを模したものにする。これ即ち「意匠の罠」で、この欺瞞を文章に於いて行えば「表現の罠」となるのである。

これら二つが、「高尚の罠」であるが、注目すべきはこの罠は誰が仕掛け、誰がその罠にばまるかという点である。通常、罠を仕掛ける人とばまる人は別である。それ故、「罠に嵌まった」「罠に嵌めた」という言い方が成り立つ。ところがこの、「高尚の罠」は仕掛ける者と仕掛けられる者は同一、しかもそれは他ならぬ自分なのである。

つまり自分で自分に、「高尚の罠」を仕掛け、これに嵌まって、自分の文章をしょうむなくしているのである。

いったいなぜそんなバカなことをするのか。それは、右に言ったように、「内容の罠」においても「表現の罠」においても、一定の成果を上げ、それによって物書きの看板を掲げて、商売に成功している者があるからである。しかしそれは、その才能と運に恵まれた少数の者であって、その才能を駆使して自他を瞞着することの善し悪しは別として、これも右に言ったように多くの者は失敗するし、よしんば成功したとて、ここで、この稿でずっとやろうとしてきたこと、則ち善い文章を書くこと、とはなんの関係もないことなのである。

しかし人はこれらの罠にばまる。それは俺らの命が有限であることと関係しているのかも知れない。人間は穢土《えど》を厭い、浄土を欣求《ごんぐ》すると同時に、死を怕れ、煩悩から免れることができない。それ故、ばまる。俺自身もこうやって文章を書きながら、ある程度はばまっている。

だから俺が最後に言いたいことはひとつだ。

俺はこれまで茲でいろんなことについて述べてきた。それは、①読書の重要性 ②内蔵変換装置について ③文章のいけず ④形式と内容の順番について ⑤心の錦について、などであった。だけどな、結局のところ、「文章のギリギリの肝要のところを伺いたい」と聞かれたらな、俺は、「内容や」と言う。その時、内容とは「心の錦＝ゴミカス」であるのやが、これを虫が息絶える気配の如くに伝えんとする時、俺らは「高尚の罠」にばまりこむ。そやから俺がこれをもっと実践的に言うなら、「高尚の罠にばまらんこっちゃ」と言う、とこういうこっちゃねん、というこっちゃねん。

と言うと、さっきから俺が間違った言葉遣いをしていることのその理由がわかりまっしゃろ、と、不自然に関西語を使っている理由も。それは伝える前に思いが罠にかかり、それ以上前に進めなくなり、道徳的な欺瞞に調理され、食われてしまうのを防止するため、予め不味くしている、つまり、「表現の罠」にかからないよう注意深く歩いて居るということなのである。

それは別にアホの振りをしろ、身を窶《やつ》せ、と申して居るのではない。なぜなら、それ、というのは、俺らが命懸けで伝えたいものがゴミカスであることから知れるように、別に窶さなくても俺らはそもそもがアホであるからである。つまり、己のアホさ加減を直視すること、それこそが、文章を書くことの根底に巌《いわお》のようにあるからである。うくく。

と、俺がこんな事を言うと、「違う。俺は心の底から高尚な事を考えている。例えば、弱者でも尊厳を持って生きられる世の中を創出したいといつも考えている」と仰る方もおらっしゃるかも知れない。そら結構なことでござります。本当にそうならそれをおやんなさい、そして本当に伝えたいことがそれなら、おまはんの心の糸クズがそれならそれにほだされて駆動する文章を書かはったらよろしやん。だけどな、人を救うという事は、その救うた人に嗤われ、誰からも理解されないまま惨めに滅んでいくことで、やっていると多分ムカつくこともあるし、最近、野菜不足気味だな、と思うことも屹度《きっと》あるにちがいなく、それもまた糸クズなんだよ、という事を俺はさっきから言うテイル。つまり。

内容とは、そいつそのもの、文章とはそいつそのもののちゅうこっちょ。どうあがいたっての。だから俺がこれまで示してきたのは、自分そのものの文章に辿り着く道のりちゅうこっちょ。人間は自分の顔を自分で見ることが出来ない。だけど変換装置を使い、いけずを行い、糸クズが蠢いて文章が駆動すれば、そこに立ち現れる世界は、自分が映した世界ではあるが、間違いなくそこに自分も映っているのである。

だから言うな。「ちゅうこっちょ、ってなんや?」と言うな。俺は日々をこのように生きよ、とは言わないし、どのように生きるべきか、とも言わへんぜ。だけど、この、「言わへんぜ」という表現が、なぜ、「言わへんで」という正統的な大坂語でないか、その理由を俺は明確に知っている。それはなあ、織田作之助の「夫婦善哉」という小説の最初の処、蝶子の父親・種吉の、「よっしゃ、今揚げたアるぜ」という科白に俺が影響を受けているからだよ。いちいち説明しないが、その俺がそこに映っているんだよ。それについて、「その映し方こそが映写技師としての腕の見せ所、文章の技術論なのさ」と言い、それを駆使して名文章風の家具調炬燵に首までつかってヌクヌクしてる奴は五万と居るが、おまえら騙されたらあかんど、そんなもんはな、嘘の吐き方を教えてるだけのこっちゃ。ここはこっちゃよ。ほらね、このようにグラグラする。これがホンマ、これをやって伝わる根拠が、ホンマ、則ち糸クズによって駆動する。全部がそこから始まるということなのである。という具合に生きる。言葉を生きる。然うすると言葉が生きる。ほんでまた死に接近する。そうすると生が輝く。言葉が光る。この好循環を拵えましょいな。ってあかん、こうやって大坂語が出ると無限に言葉が続く。これが語りの技法の根底。だけどもうやめるぜ。ちゅうこっちょ、というは、ということよ、の音便なり。最初、俺は気楽に行こうと思ったが、あかんかったな。すんませんでした。お互い、ええ文章書こうで。ほなな。またな。

町田康（まちだ・こう）
昭和三十七年大阪府堺市生まれ。
高校卒業後、歌手を経て、
平成八年小説に転じ現在に至る。

本書は、「小説幻冬」2021年8月号から2024年5月号に掲載された「旅に出ぬのが言葉の修行」を加筆・修正し、改題したものです。

装画　岡﨑乾二郎
象牙の林檎（おじいさんへのおみやげ）
アクリル、カンヴァス
23×16×3・5㎝
2007年
ブックデザイン　鈴木成一デザイン室＋宮本亜由美
DTP　美創
JASRAC出2408916-401

俺の文章修行

2025年1月10日　第1刷発行

著者　町田康

発行人　見城徹
編集人　菊地朱雅子
編集者　竹村優子
発行所　株式会社 幻冬舎
〒151-0051 東京都渋谷区千駄ヶ谷4-9-7
電話：03(5411)6211〈編集〉
03(5411)6222〈営業〉
公式HP：https://www.gentosha.co.jp/
印刷・製本所　中央精版印刷株式会社
検印廃止

万一、落丁乱丁のある場合は送料小社負担でお取替致します。小社宛にお送り下さい。

本書の一部あるいは全部を無断で複写複製することは、法律で認められた場合を除き、著作権の侵害となります。定価はカバーに表示してあります。

© KOU MACHIDA, GENTOSHA 2025 Printed in Japan

ISBN978-4-344-04395-4　C0095

この本に関するご意見・ご感想は、
下記アンケートフォームからお寄せください。
https://www.gentosha.co.jp/e/

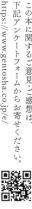